El meu amic Sebastian

Lluís Vilarrasa

El meu amic Sebastian

III Premi de novel·la curta
«Bar Cafè 1929»

Proa

L'elaboració d'aquesta obra va comptar amb un ajut de la Institució de les Lletres Catalanes per a la creació d'obres literàries l'any 2001

Un jurat format per Jordi Puntí, Josep M. Fonalleras, Sebastià Roig i Joan Solana va atorgar a aquesta obra el III Premi de novel·la curta «Bar Cafè 1929»

premi 29

Disseny de la coberta: Miquel Puig

Primera edició: gener del 2004

Drets exclusius d'aquesta edició:
ECSA
Diputació, 250
08007 Barcelona
e-mail: proa@grec.com
www.edicions-proa.com

ISBN: 84-8437-652-4
Dipòsit Legal: B-668-2004
Fotocomposició: Rialtex, SL
Impressió: Liberdúplex, SL
Constitució, 19. 08014 Barcelona

A la Glòria

1

Després de comprovar que no dúiem cap bomba i que teníem els papers necessaris, ens van deixar entrar a la terra promesa. Però els nervis que havíem passat no van desaparèixer perquè llavors, durant una llarga mitja hora, vam ser un grup d'orfes abandonats a l'aeroport de Tel-Aviv. Buscàvem amb creixent desesperació (i si havíem estat víctimes d'un engany?) el nostre cartell, entre una riuada de gent amb maletes i tot un desplegament de soldats jueus situats estratègicament. Érem una dotzena, acabats de conèixer, i fèiem una rotllana en un racó de la gran sala. Finalment, per damunt de l'onada de caps, va emergir el cartellet, amb lletres vermelles, i tot seguit ens van entaforar a corre-cuita en un minibús en direcció al kibbutz.

La campanya propagandística va començar llavors, en ple trajecte. El noi que seia al costat del conductor ens feia de guia i, mig girat de cara a nosaltres, ens explicava les meravelles del país en un anglès tarzanesc (no per limitacions pròpies sinó com a cortesia per als nouvinguts, perquè ell –duia una samarreta per demostrar-ho– era un universitari USA de vacances). El conflicte era allà: jeeps militars a la carretera, noies soldats (tres anys de mili: esgarrifances a la part femenina del nostre grup) i, tot d'un plegat, quatre avions de combat. Anaven a fer una exhibició de força a la frontera del país? Vam estirar el coll cap amunt per observar-los a través de les finestretes brutes del minibús. Els quatre avions eren quatre unglots gratant la volta del cel. El guia, que es deia Solomon, va somriure amb una confiança infinita i, assenyalant amb l'índex cap amunt, ens va dir allò de... «la millor aviació del món».

Al cap de dos dies, ja érem als camps del kibbutz, amb un sol que esquerdava el cap, refugiant-nos una mica enllà, sota les ombres dels pruners, per no caure desmaiats. Estàvem morts de son, ens passàvem els badalls. Encara no ens havíem acostumat a llevar-nos a les cinc del matí. Jèiem a l'herba alta, mig endormiscats, mentre un transistor, dalt d'una branca, es balancejava al ritme d'una cançó de moda. Era un migdia de començaments de juliol, d'un juliol molt antic, sepultat ara per molts d'altres. L'encarregat ens va sorprendre per darrere, però era un bon jan i no ens va renyar per la inactivitat. Amb un gest de la mà, ens va indicar que el seguíssim. Ens vam ajupir de genolls a la vora del camp, tots set, tots voluntaris, tots estrangers, i religiosament vam assistir a una llarga explicació sobre els finíssims tubs que corrien entre els terrossos i els enciams com una xarxa invisible però molt eficaç. L'encarregat va comentar amb entusiasme les característiques del sistema gota-gota i el meravellós estalvi d'aigua que se'n derivava. Durant uns segons, es va quedar ben quiet, captivat pels seus tubets. Finalment, ens va mirar amb un somriure satisfet i ens va dir allò de... «el millor sistema de regadiu del món».

L'endemà al vespre, vam assistir a una sessió de diapositives en color i en blanc i negre on vam poder comprovar que allà on ara hi havia el verd, frondós i fructífer kibbutz Sh..., feia només trenta anys era terra erma, àrida, quatre matolls i turons pelats: pràcticament desert (i desert en blanc i negre, que encara sembla més pobre). El cap visible del kibbutz, Jakob, que remenava l'aparell amb molta energia, va obrir els llums després de la sessió i ens va mirar un per un. Nosaltres ja l'havíem vist al matí, amb la seva seixantena llarga fent flexions en una barra al costat de la piscina, exhibint una musculatura inesperada, però ara ens estudiava amb els seus ulls de falcó. El torn de preguntes va passar sense pena ni glòria. Després, és clar, el vell

Jakob no es va poder reprimir i ens va dir allò de... «quin altre poble ho podria haver fet?». Nosaltres no vam dir res i, com per acabar de reblar la nostra insignificància històrica i geogràfica, la nostra pertinença a un d'aquests pobles ineptes, vam seguir menjant pastissets de xocolata.

Israel. L'estiu següent ja ens esperava la mili, com un gos brut, pollós, que ens trobaríem plantat al mig del camí. La mili i tot el que significaria: els crits; les hores mortes; la boira i el fred de Lleida; les partides d'escacs magnètic a dins el LandRover amb algú que ja no té nom; la piconadora sense bateria; sergents borratxos de nit, anant de garita en garita a demanar contrassenyes (Juanjo, Jabugo, Jilguero). Però això vindria l'any següent, ara quedava molt lluny, en un altre món. Llavors ja seríem uns altres, vivint una altra existència. Però aquell estiu era Israel. Hi havíem anat a parar per casualitat, perquè un de nosaltres, remenant el dial una tarda de maig, havia escoltat una conversa a la ràdio. No érem uns campions de la causa, en realitat no en sabíem gairebé res, d'aquell país ni d'aquella gent. Eren jueus, n'havien mort a grapats a mans dels nazis, tenien conflictes amb els palestins i amb tots els veïns àrabs, els nord-americans eren els seus poderosos aliats i havien guanyat dos cops l'Eurovisió. A més, podíem esmentar Golda Meïr, la guerra dels Set Dies i Moshe Dayan, l'home de l'ull tapat (Yul Brynner en una pel·lícula). Això era tot el que en sabíem. En realitat, era una manera de passar l'estiu, fugint de l'avorriment de la Plana, de la xafogor, dels volts per Plaça, de les quatre hores a la fàbrica de joguines de fusta.

I ara érem allà, sota la mirada de falcó del desert d'aquell home hiperenèrgic de cabells blancs i de pell resseca, fent que sí amb el cap, posant cara d'assumir les seves transcendents paraules i menjant massa pastissets de xocolata (després em farien vomitar tres vegades a la matinada).

Vam passar els primers dies als camps de cotó, però per desgràcia no vam arribar a veure el cotó voleiant com escuma blanca, no n'era l'època: arrencàvem males herbes. Una fila cadascun i anar fent, mig quilòmetre de camí, a vegades al costat de noies del país. Unes jueves fortes, rabassudes i caragrosses, no pas les noies seques i maquillades de les ciutats, noies d'oficines de turisme, sinó dones de pagès, que tenien l'arma reglamentària a casa i que feien passar vergonya a més d'un. A mi mateix, per exemple, perquè recordo una vegada que estava ajupit com un caganer intentant arrencar una mata de mala herba, i va venir una d'aquestes noies rabassudes («Can I Help You?», m'havia dit, i era evident que necessitava ajuda) i va agafar la mata amb les dues manasses plenes de durícies, i la va arrencar de la terra seca en un tres i no res. Noies jueves, sí, però sense tenir-hi cap tracte, només mig vistes, creuant-nos pels caminents del kibbutz o a l'autobús cap a Haifa. No es relacionaven amb els voluntaris, somreien i se n'anaven, sempre tenien pressa, no s'aturaven, dues paraules i fora. Devien tenir instruccions.

Tots tenien instruccions, suposo. Els jueus només ens donaven ordres i menjar. I, a més, un lloc per dormir: els barracons dels voluntaris. El kibbutz era modern, ben construït, sòlid, impecable, però els nostres barracons, mig amagats darrere els arbres que baixaven des del menjador, eren vells, tronats i bruts. Les parets necessitaven una mà de pintura, el terra, rajoles noves i les portes no tancaven bé; els llits eren simples catres i els lavabos, els d'un bar de mala mort. A la nit ens entrava un exèrcit d'escarabats i els mosquits més grossos que havíem vist mai. Abans d'anar a dormir, ens havíem d'untar de dalt a baix amb un líquid fastigós si no volíem llevar-nos l'endemà completament metrallats. A fora hi havia un porxo molt estret, amb una barana de fusta insegura i una nevera comunitària. Era una nevera de feia vint anys i quan es parava li havíem de clavar un cop de puny al costat perquè es tornés a engegar. Aquest era el nostre hàbitat i, quan el vam veure per primera vegada, ens va caure l'ànima als peus. L'admiració que alguns del grup (els voluntaris vocacionals, els que havien vist quaranta vegades *Exodus*, els que se sabien de memòria la història del país) sentien per aquella gent va baixar uns quants graus de cop. Els altres només ens vam desanimar una mica i, per desfogar la nostra mala llet, vam fer comentaris de mal gust sobre els nostres amfitrions. No esperàvem un hotel de cinc estrelles, però la desigualtat ens feria l'amor propi.

Una vegada vam jugar a futbol contra els joves jueus del kibbutz. En teoria havíem de confraternitzar, però va ser una altra demostració. La torre de Babel forastera (danesos, suecs, alemanys, francesos, nosaltres...) va perdre per un resultat d'escàndol contra la disciplinada esquadra local. Eren competitius, volien guanyar, i si era de manera contundent, molt millor. Sentien la necessitat de demostrar que els puixants i durs hebreus eren capaços d'esclafar els tous i esllanguits europeus.

Hi va haver un temps, al començament, que vaig pensar que no resistiria tot allò i que acabaria odiant els jueus amb totes les meves forces: odiant els seus somriures, la seva exhibició d'eficàcia, el seu anglès perfecte, el seu tracte arrogant... La primera vegada que vam anar a Jerusalem, per exemple, un amic d'un amic d'un de nosaltres ens va fer de guia. No era jueu, però feia anys que vivia entre ells i s'havia contaminat del seu estil. Ens va passejar orgullosament per la part jueva, neta, polida, fotogènica com una maqueta: cases rehabilitades, façanes lluents, patis encisadors, carrers de llambordes acabades de col·locar, plaques daurades de fundacions de jueus americans, exquisits tallers artesanals... Tot feia olor de diners, de diners a cabassos.

I, per acabar, vam fer la visita ritual al mur de les lamentacions, el mític mur, ruïna de no sé quin antic temple. Tot era nou, tot era reconstruït menys aquell mur cèlebre. Ens vam col·locar la kippà i vam contemplar de prop –massa de prop, gairebé era obscè ser allà– tota aquella colla d'homes de patilles infinites (la Bíblia, interpretada literalment, prohibeix que se les tallin, va precisar el guia), amorrats a la paret fent cops de cap mentre xiuxiuejaven versicles mil·lenaris. Per sort, no hi vam estar gaire estona, ens vam treure la kippà i vam tornar als carrers immaculats i silenciosos a fer fotos de la prosperitat jueva.

Després ens vam asseure en un d'aquells patis. Un pati petit, confortable, amb rosers acolorint les parets blanques, blanquíssimes, amb tot al seu lloc. Ens van portar suc de fruita embotellat i el vam beure sense por, no com aquella vegada que vam anar a Betlem (no era la Betlem del pessebre: era una ciutat polsosa i despintada, amb cotxes vells roncant pels carrers). Érem a Betlem, doncs, i una dona va treure el cap per la finestra d'una casa i va dir «entreu». Era una àrab, una palestina. Hi vam entrar, estàvem farts d'anar amunt i avall per carrers que pujaven i baixaven, i teníem set. Ens va obrir la porta i ens vam asseure tots cinc al sofà modest. I jo crec que tots cinc vam pensar, quan va tornar de la cuina amb cinc vasos plens d'un líquid taronja, que aquella dona potser volia enverinar-nos. Era amable, riallera i hospitalària, però... i si formava part d'un grup de la resistència? Nosaltres treballàvem per a l'enemic del seu poble (potser havia sentit la paraula kibbutz des de la finestra?) i, ja se sap, la guerra és la guerra. Va deixar la safata amb els vasos damunt una tauleta. «Que no us agrada el suc de préssec?», va dir captant les nostres mirades reticents. La set va poder més i vam beure aquell líquid sospitós. I bé, no la vam palmar.

Però ens sentíem més segurs amb el suc envasat de la Jerusalem rica, escoltant impassibles un altre capítol de la història del progrés de l'imperi israelià: la innegable superioritat (militar, econòmica, política, moral...) sobre els arrossinats veïns, les infinites proeses dels agents del Mossad (sí, el millor servei d'espionatge del món), la vida dels líders carismàtics amb la crònica de les seves gestes, etcètera, etcètera.

Després vam anar a veure la Jerusalem àrab i, és clar, eren com la nit i el dia. Els carrerons palestins no els regaven cada matí, eren bruts i feien pudor de pixat. Els crits saltaven al carrer des dels basars, la música local feia voleiar les mosques, els botiguers et feien comprar vulguis no vulguis i, de tant en tant, una noia era pessigada per un home amb bigoti que es feia el despistat. També era per a turistes, però semblava més autèntic. Naturalment, una simpatia natural pel pobre, pel feble, ens va envair a tots nosaltres. Decididament aquells eren els bons. Però fins a cert punt, perquè era impossible acostumar-se a l'excés de mirades, al palpament abusiu, al tracte llefiscós, a la sospita que, darrere l'etern somriure, hi havia un intent de robatori. Sovint la simpatia era una aparença. Quan érem a tocar de les muralles (ja no recordo el nom de les portes famoses), se'm va ocórrer demanar un suc de taronja a un noi palestí molt rialler que tenia una paradeta (era un carretó, en realitat). Va partir una taronja per la meitat i la va començar a esprémer en l'aparell més brut que es pot arribar a imaginar. Li vaig dir que ho deixés córrer. A l'instant, el seu somriure es va convertir en una cascada d'insults, en anglès i en àrab, que em van perseguir durant un centenar de metres.

Aviat vam comprendre que les adhesions incondicionals no tenien gaire sentit. Si hi havia jueus que volien dinamitar la gran mesquita de la cúpula daurada, no eren pocs els palestins partidaris d'arrasar el mur de les lamentacions. Globalment, històricament, els segons eren les víctimes, portaven anys de submissió, però d'aquí a convertir-nos en jutges dels primers hi havia un gran pas que, amb seny, vam decidir no creuar. Llavors no me'n vaig adonar del tot, però ara veig que, després de les primeres setmanes, la indiferència va anar guanyant terreny. Era un conflicte massa gros, massa complicat, ens superava. I com que ens superava, va passar de llarg, pel nostre costat, i li vam dir adéu. Ja no vam odiar més els jueus. D'altra banda, qui podia odiar els entranyables vells del kibbutz? Alguns havien escapat de miracle de les cambres de gas; en Jakob ens explicava casos que feien posar els pèls de punta. Els més vells, però, no deien res; o, com a mínim, no ho recordo. Algunes tardes ens convidaven a visitar-los a les seves casetes. Sèiem a l'interior de les seves petites sales d'estar, ens menjàvem les seves pastes i, mirant aquelles cares blanques i sofertes, ens sentíem malament per ser joves i afortunats. Com podíem odiar-los? A més, vam visitar el museu de l'Holocaust: les horribles imatges, les estadístiques, el fitxer enorme a disposició dels familiars.

No, no vam odiar els jueus ni els vam estimar. Vam fer vida a part, al voltant dels nostres barracons i del nostre tros de piscina. Fèiem la feina tan bé com podíem, sense escarrassar-nos-hi massa, però amb dignitat; menjàvem en taules separades; fèiem les nostres festes; follàvem entre nosaltres. Érem la classe baixa del kibbutz, en teníem consciència i ens vam oblidar dels altres i dels seus problemes.

Per què parlo de tot això ara? No estava tot desat al fons d'un armari, sepultat per setze anys de vida tranquil·la, rutinària? Ni tan sols hi somio, com sí que havia fet sovint anys enrere, en general en forma de malsons, però a vegades simplement com si encara fos allà, a la *dishwashing machine,* per exemple, fregant olles i més olles amb el jueu boig del davant que m'explicava que havia anat a Barcelona una vegada, de putes, i va resultar que una era un home i jo què sé. Somnis de tota mena durant força anys, somnis horribles la majoria, però que ja s'havien anat apagant, com una pila que no dóna més de si. Però, de sobte, va aparèixer en Sebastian a la tele. Quan el nen ja dormia i nosaltres jèiem al sofà matant l'estrès del dia a base de zàping, llavors va sortir ell, d'esquitllada, vist i no vist, a la pantalla. El meu amic Sebastian.

2

De seguida parlaré d'en Sebastian, que és el centre i l'única raó de ser d'aquestes pàgines i a qui tenia entaforat en un racó de la memòria, a les fosques, fins fa ben poc. Però, abans de parlar-ne, necessito agafar una mica d'aire i per això –i també per explicar les coses pel seu ordre– diré alguna cosa dels dos amics que em van acompanyar a Israel. Eren i són dos bons amics, d'aquells que es fan amb catorze anys, quan necessites algú amb urgència perquè la fi de la infantesa t'ha descol·locat i la solitud es fa molt dura. Dos amics que sempre han estat allà, amb alts i baixos, amb períodes d'eufòria i d'altres en què l'amistat s'ha mig podrit per deixadesa de tots. No tenen un gran paper en aquesta història, vam decidir viure vides separades, connectar amb altra gent, però en un moment crucial van ser allà, els vaig posar a prova (de manera indigna, exigint-los una mentida) i no em van fallar.

Vam sortir junts de la nostra ciutat el primer dia de juliol (el pare no va venir a l'estació, feia tres anys i mig que havia mort en un hospital de Barcelona), vam fer junts el viatge en avió (quatre hores de cel clar, de mar ensopit, d'hostesses amb mitges reixades i molt rímel, i de pel·lícula amb nena que s'escapa de casa amb el seu gos Sparky) i vam contemplar junts, des del minibús polsós, els avions de combat. Érem tres però en realitat, com aquella novel·la, hauríem d'haver estat quatre: els quatre amics que durant anys havíem format un bloc impermeable (els altres eren idiotes, ridículs, extraterrestres) i aparentment indestructible. Un, però, ja s'havia despenjat de nosaltres. Només pocs mesos abans i de mala manera, com qui s'allibera d'una nosa que l'engavanya, es va desfer dels seus amics adolescents. Ens va demostrar que l'amistat es podia trencar a voluntat, que era un vincle constituït per interessos que caducaven. Si el trucàvem per anar a fer un volt o al cine, tenia feina, exàmens o obligacions, sempre coses importants; si per casualitat es dignava a aparèixer, estava absent i no seguia el nostre joc. L'amistat era allò? Una simple transició abans de passar a ser un adult amb dona, canalla, quatre per quatre i apartament a la costa? No significaven res tots els anys que havíem passat plegats?

Hauria de posar noms. No seran els autèntics, perquè una elemental discreció ho aconsella, però s'hi aproximaran. Els meus dos amics es deien, es diuen (en realitat, no s'han dit mai) Jordi i Pau.

En Pau tenia un d'aquells caràcters tranquils que tant ajuden a la bona convivència dels grups d'amics. Quan els altres, en plena ebullició, discutíem, ens cridàvem, ens insultàvem o fins i tot arribàvem a les mans, en Pau es fregava la barbeta immensa, ens mirava amb pena i resignació i se n'anava a casa. Ens feia sentir com un trio d'adolescents immadurs. En canvi, ell tenia equilibri interior, sabia encaixar els cops baixos, era impertorbable. La seva debilitat principal era que, com que volia preservar el bon ambient a qualsevol preu, sempre estava d'acord amb tot, tenia el sí com a resposta per a qualsevol pregunta. Vols anar a jugar a tennis?, sí; vols passar-me a màquina aquest treball?, prou; què et sembla si ens anem a tirar al pou?, vinga. Aviat vam aprendre a abusar d'aquesta exagerada conformitat amb tot i sovint tensàvem tant la corda que al final, després de cinquanta capes de serenitat budista, sorgia un altre Pau, un de crispat, ferotge, perillós. Clavava cops de puny, mossegava, augurava desgràcies, jurava com un condemnat. «Ja ha sortit la bèstia!», comentàvem, i corríem a fugir d'ell com si es tractés d'un monstre. Per sort, la fase Hyde de la seva personalitat no durava gaire i de seguida reapareixia el nostre Pau habitual: tranquil, bonifaci, conciliador.

L'altre amic, en Jordi, era diferent. Si en Pau era baix, rabassut i força tímid, en Jordi era alt i extrovertit, un exhibicionista. Si anàvem a la piscina, al cap d'un moment ja corria a fer el salt de l'àngel des del trampolí; si érem a la discoteca, ballava com un epilèptic fins que es formava un cercle al seu voltant; si sèiem a les voltes de Plaça, intentava lligar-se la noia que tenia més a prop; si se la lligava, intentava follar-se-la tan aviat com podia i després corria a informar-nos de com havia anat la cosa. Ell era així i no podia evitar-ho. A vegades ja ens anava bé, perquè exercíem de paràsits; i a vegades, quan ens posava en evidència, l'odiàvem amb aquella intensitat amb què només s'odien els amics. Els anys i uns quants fracassos en cadena van rebaixar el seu exhibicionisme.

Però quan vam anar a Israel estava en el seu apogeu i així la primera tarda que vam baixar a la piscina va fer un repàs a les estrangeres que jeien com llagostins al sol (biquinis fúcsia, ulleres fosques, bestsellers damunt l'herba) i ens va anunciar: «Abans de dos dies ja me n'hauré follat una.» I ho va complir. Era una noia ufanosa, amb espatlles de nedadora i cuixes de tennista, una belga (després ho vam saber) que es cruspia tots els homes dels barracons. A la nit, quan en Pau i jo vam tornar de la sessió de cine del menjador, només obrir la porta del barracó ja vam sentir, saltant la cortina negra que separava les dues habitacions, tot un ritual dels gemecs habituals. Vam haver de girar cua.

Era una nit de lluna molt clara, lluna de l'Orient Mitjà, diferent (ho havia de ser: no havíem fet quatre mil quilòmetres perquè no ho fos), que dibuixava al nostre voltant tot un món d'ombres imprevistes. Vam resseguir a l'atzar tot un eixam de camins fins a arribar a una placeta que era, més o menys, el centre neuràlgic del kibbutz. Allà, ajagut d'esquena contra un banc, amb un genoll flexionat, hi havia en Sebastian. Duia (com sempre duria) pantalons paramilitars amb moltes butxaquetes i botes negres. Tenia una cigarreta a les mans i intentava, sense gaire èxit, fer cercles de fum. «Sou dos dels nous, dels espanyols?», ens va preguntar incorporant-se. «Catalans», vam replicar sense perdre temps. Va fer tres rialles entretallades, com de nen petit, i va assentir amb el cap. «I know, I know», va dir tot seguit, com per informar-nos que ell tot allò ja ho sabia: la qüestió dels catalans i dels espanyols, el tema de la identitat, de la llengua diferent. I va fer voleiar la mà, com aquell qui aparta el fum, per deixar el tema enrere. «I know, I know»... Les vegades que li vaig sentir aquesta cantarella. En Sebastian tenia dinou anys, era fi de cara com un nen, amb quatre pèls comptats al bigoti i dos a la barba, però ho sabia tot. O encara que no ho sabés, feia cara que ho comprenia tot, que ho havia comprès tot immediatament, amb una sola frase, o només mitja. Més endavant, quan vaig arribar a coneixe'l bé, o força bé, vaig adonar-me que no era precisament enciclopèdic (tenia llacunes en tots els camps), però que tenia una intuïció molt desenvolupada. Ho copsava tot a la primera: qui eren els altres, si eren cínics o ingenus, si els tenia a favor o en contra, si es burlaven d'ell, si eren de fiar o no, què pretenien. Era ràpid com una bala. Et mirava amb el cap tort i les parpelles mig caigudes (com si tingués son o s'acabés de llevar) i ja et tenia clissat.

Aquella nit, després d'una conversa poc animada d'uns vints minuts (nosaltres vam parlar molt, ell no gaire), ens va clissar de seguida i de sobte ens va engaltar un comentari inesperat: «Vosaltres, el que voleu és practicar l'anglès, oi?» El seu somriure era una mica irònic, però també una mica trist. Va fer un «good night» fred i es va allunyar per un dels camins. En Sebastian era molt alt, gairebé dos metres, i la lluna li feia una ombra molt llarga, llarga i prima.

Durant els quinze dies següents, gairebé no vaig tornar a parlar amb en Sebastian. Ell era un solitari, no formava part de cap grup, picava una mica d'aquí una mica d'allà, però no s'ajuntava amb ningú, anava i venia, sense lligams. No era un voluntari qualsevol, això era clar, era el més antic (es movia per allà com si hi hagués viscut tota la vida) i era el que, quan tots fóssim fora, encara seria allà, esperant el seu destí. Rebia un tracte preferencial dels membres del kibbutz. No passaven pel seu costat com estranys, sinó que el saludaven pel seu nom i li posaven la mà a l'espatlla. També, a vegades, seia a dinar amb els joves hebreus, no com si fos un d'ells, però sí com un convidat, com un hoste benvolgut. A més, tenia privilegis: vivia al millor barracó i no li indicaven la feina que havia de fer, l'escollia ell. Treballava a la fàbrica, perquè en Sebastian no suportava el sol i per això no trepitjava mai els camps («I'm not a fucking farmer», em va dir una vegada, i després va riure com un ximple). Tampoc, ni un sol dia, no apareixia a la piscina a les tardes. Era un home d'ombra i de nit. Quan el sol s'acostava a la posta, en Sebastian, mig endormiscat encara, sortia del seu barracó vestit amb fulard verd, camisa, pantalons de butxaquetes i botes negres. No li vaig conèixer altre vestuari. No se'l va veure mai en banyador, pantalons curts, vambes o xancletes. No s'ho podia permetre: havia de cultivar la seva mítica de futur aviador de les forces aèries d'Israel. I, és clar, devia pensar que la seva imatge hauria caigut a trossos si hagués aparegut a la piscina blanc com un glop de llet i ensenyant totes les costelles. No, en Sebastian no es deixava agafar en fals. A les vuit del matí, entrava a la fàbrica de plaques solars del kibbutz, on es passejava orgullós amb guants negres, tenalles i grans ulleres protectores (com d'aviador), i no se'l tornava a veure –a excepció del dinar– fins a quarts de nou del vespre. Alguns, amb poca imaginació, l'anomenaven el dràcula dels barracons. El seu aspecte –alt, lletjot, amb parpelles caigudes– no deixava de contribuir a la semblança. A més, amb tanta migdiada com feia, a la nit no tenia mai son i voltava pel kibbutz, amb la seva figura desmanegada, fins a les tres o les quatre de la matinada. Primer en solitari i després, quan ens vam fer amics, en la meva companyia. Vam tenir llargues converses en aquelles nits interminables; per fi tenia algú amb qui confessar tots els seus plans impossibles. En Sebastian era austríac i el seu anglès, encara que millor que el meu, era força peculiar, una barreja d'entonació alemanya i paraules angleses que a vegades significaven el que havien de significar i a vegades no. I recordo que en aquelles nits, quan eren les dues o quarts de tres i rondàvem sols pel kibbutz, o sèiem als bancs intentant fer cercles de fum, en Sebastian xerrava i xerrava (d'avions, del seu pare, de l'avi mort a la Segona Guerra Mundial, de l'estupidesa dels voluntaris...) mentre jo, que ja estava mort de son, a penes si comprenia un mot de cada cinc.

Però, com deia, els primers quinze dies gairebé no vaig parlar-hi. La mala impressió inicial –no només la seva, també la nostra, que el consideràvem un fantasmot– ens va mantenir en vides separades. A més, en aquells primers temps, la nostra principal preocupació no era fer amics estrangers, era fer turisme. Havíem de veure els llocs famosos, havíem d'omplir llacunes perquè a la tornada cap espavilat no ens pogués dir allò de: «Així no vau anar a Massada? Doncs no sabeu pas el que us vau perdre!» Per tant, el primer cap de setmana vam córrer a llogar un cotxe amb canvi automàtic i vam anar directes a Jerusalem. En Jordi no havia de venir (la belga, de nom Françoise, era una màquina sexual), però a l'últim moment es va escapar per la finestra del barracó («Mon chouchou, où est-ce que tu vas?») i es va afegir a la colla.

Una mica més i morim a la carretera. No pas víctimes d'un brutal atemptat palestí, sinó per la ineptitud de la nostra conductora. La Mónica era una noia entranyable, de Gavà, morena, inquieta, apassionada, i amb un nas preciós. Era la que havia vist quaranta o cinquanta vegades *Exodus*, amb els ulls blaus d'en Paul Newman captant-la des de la pantalla cap a les files del sionisme. Tenia intenció de quedar-se a viure a Israel tant sí com no. Era alegre, riallera i s'extasiava veient qualsevol bandera del país, qualsevol reixa fronterera, qualsevol pedra jueva; ens contagiava el seu entusiasme i si ella feia una foto, nosaltres també. Tot això estava molt bé i ens feia gràcia, però el problema és que no tenia ni punyetera idea de traçar els revolts de la carretera. La Mónica era l'única amb cinc anys de carnet i la necessitàvem per llogar el cotxe, però no tenia tacte per al volant. Li vam donar un marge de maniobra, uns quilòmetres per aconseguir un nivell mínim. Però la cosa, en comptes de millorar, empitjorava: conduïa molt a poc a poc, i el que era pitjor, a cada revolt envaíem l'altre carril. Els quatre que anàvem a dins (hi havia també una noia de Barcelona que no vull recordar) cridàvem com porcs a l'escorxador. Ella, com que es trobava al setè cel israelià, no era del tot conscient del risc que corríem i ens deia que érem uns exagerats i que calléssim perquè la posàvem nerviosa. Ens vam amotinar. No teníem intenció de morir com uns imbècils en una carreterota d'Israel a quaranta per hora. En Jordi es va oferir voluntari per conduir, però se'l va rebutjar per massa eixelebrat; hauria convertit les carreteres d'Israel en un circuit de Fórmula 1. En Pau, més reposat i sempre disponible, va agafar el volant. La pobra Mónica va anar a seure al darrere i es va fer l'ofesa, el nas preciós ben arrufat, durant una bona mitja hora. Després l'èxtasi va poder més que l'orgull ferit i quan vam arribar a Jerusalem, ni tan sols va necessitar veure el mític perfil de la ciutat per emocionar-se; amb els barris perifèrics en va tenir prou per fer un crit orgàsmic i saltar-li les llàgrimes.

Jo em vaig enamorar de la Mónica a finals de l'estiu (després de dos mesos de poc tracte), quan tots havien marxat (en Sebastian no, en Sebastian era allà, però jo l'esquivava) i passàvem molta estona junts, fent-nos companyia, abraçant-nos a les migdiades, escapant-nos fins a la platja de Haifa. Un amor fet de desil·lusions. Un dia, a proposta d'ella, vam anar a veure un amfiteatre proper. Vam seure a les graderies de pedra mentre el sol feia la posta damunt del mar. Llavors, el silenci, aquell escenari solemne, la tarda que moria, la tendra intimitat que s'havia creat entre nosaltres aquells dies de setembre, tot això va cristal·litzar en una frase que resumia tota una cadena de decepcions: «visto de cerca, Luis, todo se cae a pedazos». Li vaig passar la mà pels cabells perquè no sabia què dir-li. Però a començaments de juliol el mite encara no s'havia començat a esquerdar i la Mónica era feliç i el que era més important per a nosaltres, ens encomanava la seva felicitat.

És clar que, en alguns casos, ni ella podia evitar el nostre desencant. Recordo, per exemple, que aquell dia vam visitar especialment la part cristiana de Jerusalem. No hauríem pogut tornar a casa si no ho haguéssim fet. Allò era Terra Santa. Vam fer llargues cues per entrar als llocs sagrats, vam pagar entrades abusives, vam intentar sentir la grandesa de la religió a l'interior de l'Església del Sant Sepulcre. Va ser inútil. Molta foscor, molts ciris, molt ambient tètric però la flaire de la impostura ho recorria tot. «És un negoci», vaig concloure amb poca originalitat quan vam ser fora. Bufàvem alleugerits, ja havíem complert el tràmit. Però, just després, Déu em va fer sentir el seu poder infinit. Caminàvem per la Via Dolorosa, la suposada ruta de Jesús cap al Calvari, un carrer llarguíssim però tampoc no tan fotogènic com era d'esperar... quan em va venir un mal de queixal terrorífic, amb unes fiblades insuportables que em feien acotar el cap a la dura pedra que va trepitjar Crist. «Esto te pasa por hereje», em va engaltar la Mónica.

A la tarda, després de tot un dia de caminar per Jerusalem i d'estampir-nos al cotxe, suats i esgotats, vam anar a parar al mar de Galilea. Era un mirall al sol, un sorprenent oasi enmig de tanta sequedat: allò sí que era la terra promesa. Vam deixar el cotxe al costat de la carretera i ens vam acostar a la riba de les famoses aigües. En Jordi, llavors, es va despullar (però no del tot, perquè quan s'anava a treure els calçotets la Mónica li va dir, indignada, «no seas capullo») i va córrer cap a l'aigua. Darrere seu hi va anar en Pau (amb calçotets de *topos* vermells que van ser motiu de burla general durant un mes sencer) i després els altres tres, que sí que dúiem banyador. L'aigua era tèbia i les onades molt estranyes, perquè no eren salades, sinó dolces. Si hi va haver un moment feliç a Israel, va ser aquell vespre al mar de Galilea, deixant passar el temps en un bany etern, amb la llum declinant des de les muntanyes de Galaad (o el nom que tinguin). Després, ja de nit, vam tornar al kibbutz.

3

Si no haguéssim rivalitzat per la Diane, no ens hauríem fet mai amics amb en Sebastian. Potser després, fatalment, hauria acabat passant el mateix, però jo no hi hauria intervingut. En comptes de veure-m'hi implicat, ho hauria vist des d'una còmoda distància, arquejant les celles i comentant el fet com qui parla d'un accident llunyà. Sense la Diane, durant tot l'estiu hauríem seguit ben indiferents l'un de l'altre, jo considerant-lo una raresa, un exemplar estrafolari, una anècdota per al retorn; ell tenint-me per un més del ramat de voluntaris, indistingible de la resta.

Però un matí d'un dimecres de juliol, un matí ple de calitja i de sensació d'ofec, un autobús que venia de Jersusalem es va aturar a la parada del kibbutz i en va baixar, per fortuna i per desgràcia, la Diane.

Venia d'un altre kibbutz, un d'aquells del sud, en ple desert del Nègueb, una taca verda enmig de la inacabable estesa de pedra i sorra. Un d'aquells kibbutz que eren lluny de tot arreu (de qualsevol ciutat, del Mar Roig, d'un altre kibbutz) i dels quals, quan hi anaves de visita i veies el lloc, la poca gent i la seva vida estricta, amb la sequedat extrema del desert com un monstre al seu voltant, pensaves que tot allò era antinatural, un decorat que uns operaris desmuntarien l'endemà, i que, malgrat la meravellosa piscina i els jardinets impecables, tots els habitants devien estar tan sonats com els de Twin Peaks; i que si tu hi haguessis de viure ni que fos mig any, ni que fossin dos mesos, acabaries com ells.

La Diane, no era gens estrany, ja començava a estar-ne cremada i per això havia pujat cap al nord, buscant un ambient més fresc, més poblat, més normal. Al nostre kibbutz, hi tenia una amiga, la Nicole, que fins llavors m'havia passat desapercebuda. El primer vespre que la Diane va sopar amb nosaltres, vaig dedicar-me a observar tots els seus gestos, tots els seus moviments. De seguida vaig arribar a una conclusió esperançadora: havia arribat algú amb classe.

La Diane era petita com un pot de confitura i somreia d'una manera que enamorava. Per tant, me'n vaig enamorar. Era el més natural: les altres no valien res i jo estava a l'aguait d'una oportunitat, disposat a caure rendit als peus d'alguna que fos mitjanament potable. I la Diane no era una mitjania, la Diane era de primera divisió. Tenia els seus defectes, és clar. El mateix somriure que em feia desmaiar-me cada tres segons de seguida va ser mal vist per la Julie, la francesa llargaruda (aire de suficiència parisenca en tots els seus gestos): «elle sourit trop, elle cache quelque chose». La Diane, amagar alguna cosa? Li tenien enveja perquè a l'instant es va fer molt popular. Es va convertir en el centre de les reunions. Les mirades convergien en ella, les orelles l'escoltaven amb devoció. Quan va semblar clar que es quedaria una temporada al nostre kibbutz, la vam elegir immediatament, en una votació entusiasta, com a delegada. Apuntava els nostres suggeriments en un bloc que sostenia damunt dels genolls nus –una nevera nova (no va arribar mai, per descomptat), flit per als bitxos, cordill i agulles per estendre la roba, més iogurts– i les trametia als encarregats del kibbutz. Aquests, que estaven un pèl esparverats per la gran quota de borratxos i ganduls del contingent de voluntaris, van saber apreciar l'arribada de la Diane i li van donar el càrrec d'ambaixadora amb tots els honors. No els va fallar: la noia organitzava, aconsellava, demanava, suggeria, decidia, feia i desfeia d'allò més bé.

La Diane era petita, prima i molt blanca. Semblava fràgil, de porcellana, però era dura com els espadats de Dover. Això no significa que no fos amable: s'esforçava per comprendre el nostre anglès macarrònic i només es posava en tensió –i, a l'acte, ens corregia en un to sec– si fèiem servir algun intolerable americanisme («please Louis, "city", not "ciry"»). Si la comprensió mútua perillava per tota una allau de paraules desconegudes, la Diane, llavors, es revestia de valor (un valor titànic per a algú de la seva nacionalitat) i, amb una timidesa encantadora, treia el francès que havia après a l'escola. Era un francès inepte però molt sensual perquè el pronunciava amb tanta suavitat que, transportat per la veu baixa i melosa de la Diane, m'arribava a l'orella convertit en una fragància deliqüescent, d'aroma que corre entre els cossos despullats de dos amants. No n'entenia gran cosa, però vibrava de plaer.

La Diane era de casa bona i, si no era aristòcrata, en tenia la fusta: era educada, sabia escoltar, sabia desviar la conversa, sabia manar (era obeïda a l'instant, i de gust), i es passejava per Israel amb una confiança i una seguretat colonials (de fet, no feia tantes dècades de la Palestina britànica). No era escòria blanca, no llegia novel·les de Danielle Steel, no duia biquinis espantosos, no es pintava les ungles dels peus a la piscina, no reia com una peixatera, no era allà com podia ser a Singapur, Mèxic o Madagascar. Repeteixo: tenia classe. El seu posat distingit suggeria tot un historial familiar de posats distingits, d'interminables retrats exposats en passadissos de vellut vermell. Tota ella duia l'empremta d'una vida refinada en llocs que es podien dir Mansfield Park, Hampshire o Somersetshire. Ja posats a delirar, la seva cabellera negra i els seus ulls foscos rememoraven furtives aventures italianes d'algun avantpassat. Quan s'acostava la tassa de te als llavis, alçava graciosament el dit petit. Havia de ser per a mi.

No només perquè la trobava infinitament suggestiva i desitjable, sinó també per demostrar a en Jordi que jo no aniria a remolc d'ell (com feia en Pau, qui, després d'haver esperat el torn corresponent, ja cavalcava de nit amb la belga infatigable: «que te la voldries follar?», «prou»). Els deixaria bocabadats quan entrés i sortís del barracó de la Diane amb la naturalitat i l'aplom amb què ho fa un amant habitual.

Però se'm resistia. Les converses i les mirades progressaven fins a cert punt, però no més enllà. Em repartia somriures, em repartia cordialitat, em prodigava atencions i un dia que em cargolava de mal de panxa (el menjar jueu em jugava males passades) em va venir a veure al barracó, mentre el sol de la tarda fregia les sargantanes del kibbutz. Vaig buscar paraules sota les pedres, intentant no delatar el meu trist vocabulari, vaig esprémer tota la gramàtica apresa durant tres mandrosos cursos d'anglès, vaig deixar que parlés mentre jo feia que sí amb el cap encara que anés amb dues frases de retard. Em va explicar la vida que duia a Anglaterra (pis a Londres, parents a Gal·les, cavalls, germà violinista), què estudiava (i com que es pensava que no entendria la paraula en anglès, es va passar deu minuts buscant una traducció al francès; com que no la va trobar, finalment va dir, arronsant les espatlles: màrqueting), i que havia vingut a Israel perquè tothom l'hi havia desaconsellat. La recordo asseguda al meu llit, aquella tarda, de perfil, tan perfectament petita, amb els pits menuts retallats contra la reixa verda de la finestra, amb la cabellera negra a tocar de la meva mà. De sobte, empès per un desig que ja no podia aturar, em vaig incorporar i la vaig mirar fixament, als ulls i als llavis, com un seductor llatí de rebaixes. La Diane es va posar una mica nerviosa, va pretextar feina, va baixar del llit i va marxar. La porta, amb un grinyol trist, es va obrir i es va tancar.

El fracàs no em va sorprendre. Ja el tenia previst, ja endevinava que darrere d'aquella cordialitat no hi havia gran cosa més, però no m'havia pogut estar de comprovar-ho, perquè jo sempre necessitava temptar la sort i assaborir el desastre.

«Segur que és lesbiana. S'ho fa amb la seva amiga», em va dir en Jordi quan va treure el cap per la cortina que separava les habitacions, alguns segons després de la fugida de la Diane. «La Françoise diu que li agradaria veure't més sovint», va afegir amb un somriure de xacal. Vaig afagar un escarabat que hi havia pel terra (ja hi tenia confiança) i l'hi vaig tirar pel cap.

Tot hauria quedat com un pas en fals a oblidar ràpidament si aquell mateix vespre, a la sessió de cinema al menjador, no hagués vist, tres files més endavant, una escena que em va deixar glaçat, ferit i amb ganes de seguir lluitant per la meva confitura anglesa. En Sebastian, el Dràcula del kibbutz, seia al costat de la Diane i, per la manera com s'hi decantava i com li xiuxiuejava paraules a l'orella, per la manera com somreia i per la manera com li tocava el braç com qui no vol la cosa (però volent-la)... vaig comprendre clarament que també hi anava al darrere. Aquell estruç d'aspecte llefiscós s'abraonava damunt la meva noia colonial! La gelosia em va posseir com un dimoni del desert i el vaig odiar a mort. I aquell odi també va alimentar el desig que sentia per la Diane.

Aquella mateixa nit, després de la tortuosa sessió de cinema (a més, a última hora havien substituït *Pale Rider*, de Clint Eastwood, per una burrada que no recordo), aquella mateixa nit, deia, vaig somiar que la Diane venia al meu barracó, que se'm despullava graciosament i que se m'oferia tota. Follàvem com dos acròbates sexuals durant hores, incansablement (encara que ella amb certa indiferència, tot s'ha de dir). Bé, és prou clar que havia ascendit (o baixat) de categoria: ja no era un enamorat, ara era un animal en zel.

En Sebastian era perspicaç i no va trigar a notar que el mirava malament, que m'horroritzava veure'l en companyia de la

Diane (perquè sempre estava amb ella!); que odiava tot el seu ésser des de la punta dels seus cabells de color de sorra fins a la sola de la seva bota. En definitiva, de seguida es va adonar que érem rivals acarnissats.

Feien una parella impossible, això era evident. No només perquè en Sebastian li treia dos o tres pams, sinó perquè junts produïen una sensació repulsiva. El lleopard esquelètic d'ullals corcats que ronda per la sabana amb ulls injectats de sang i troba, bevent a la llacuna al capvespre, la daina apetitosa. Estava fora de mi, estava desficiat i no em desagradava. Aquell clima infernal semblava exigir passions extremes.

En Sebastian em feia la punyeta. Si per un dels caminets del kibbutz jo aconseguia fer un apart amb la Diane, no trigava a aparèixer ell, com si hagués saltat de darrere una mata, com si hagués caigut del cel, i reclamava l'anglesa amb un tema urgent. Si, a l'hora dels àpats, culminant una brillant estratègia, aconseguia seure al costat de la Diane, fatalment apareixia en Sebastian, al costat o al davant, i amb el seu anglès superior m'esborrava del mapa.

Un dissabte, mentre fèiem l'habitual festa nocturna als volts de la piscina, la nostra rivalitat va explotar. No d'una manera violenta: ni vam discutir-nos ni vam treure navalles lluents a la llum de la lluna. Més aviat vam protagonitzar una escena ridícula. I va ser per culpa meva, ho he d'admetre. Però és que jo tenia els nervis a flor de pell amb tants têtes-à-têtes als llocs més inesperats. Perquè ara resultava que el misantrop del kibbutz s'havia convertit en l'ésser més sociable del món. Se'l veia a tot arreu a totes hores. Això sí, sempre que fos al costat de la petita Diane. Fins i tot s'apuntava a les converses en anglès de classe A (res de rebaixes per a foranis) que el grup anglosaxó (les dues angleses, un americà idiota i una parella irlandesa –ella amb cara de *Gent del barri* i ell amb pinta de jugador de rugbi) solien tenir alguns vespres al bar. En Sebastian, per desgràcia meva, es defensava força bé i només se li escapaven algunes expressions complicades, dialectals o d'argot. Des d'una taula propera, jo –espiant, controlant, consumint-me de gelosia– sentia les seves rialles entretallades, com de nen petit, i els seus «I know, I know», i comprovava de reüll com els indefinibles somriures de la Diane no defallien ni un instant. En Sebastian, de tant en tant, es girava per mirar-me.

Com deia, la nostra rivalitat, fins llavors feta només de males mirades i de gestos insolents, va esclatar un dissabte a la nit. Si jo no hagués begut massa (potser no era gaire en termes absoluts però per a mi ja era massa), no hauria aprofitat que en Sebastian passava a la vora de la piscina amb dos gots plens (sí, un per a la Diane!) per fer el que vaig fer. Els catalans érem allà, reagrupats després d'un temps de dispersió, comprovant amb cares avorrides que no teníem res en comú entre nosaltres i que estàvem millor separats que junts («este grupo da asco», va dir una vegada la Mónica, tan contundent com sempre, arrufant el nas). Bé, érem allà i llavors va passar en Sebastian just per l'estret passadís que quedava entre nosaltres i la piscina. Jo, el meu jo malvat, feia veure que participava activament en la conversa, amb paraules sonores i gestos italians, però en realitat estava només a l'aguait del que passava a la meva esquena. En Sebastian estava a punt de creuar per darrere meu. El meu clatell el controlava. Era la meva oportunitat. Vaig allargar el peu discretament i ell s'hi va entrebancar. Amb els dos gots a la mà, es va començar a decantar, tan llarg com era, cap a la piscina. Llavors jo, el meu jo penedit, em vaig girar i li vaig agafar el braç per salvar-lo de la caiguda. Però era massa tard i vam caure tots dos a l'aigua. Sorpresa, rialla general, cops de colze. Llavors en Sebastian va somriure com un sinistre habitant de Transsilvània i em va dir: «Do you feel better now, Louis?» El meu jo malvat va reaparèixer i li vaig contestar: «Much better, Sebastian.» Sota les mirades burletes de la gent i xops com dos pollastres (un pollastràs i un pollastret), vam pujar cap als barracons per canviar-nos de roba. A distància, capcots, odiant-nos calladament. La Diane, durant tot l'incident, ens va observar, amb flegma impertorbable, amb un somriure mecànic. Després, quan vam baixar, no va estar per cap de nosaltres. Es va tancar amb clau i forrellat en el búnquer anglosaxó.

Durant els dies següents es van produir dos fets. Encara que el primer era més aviat un no fet, perquè la qüestió era que ni en Sebastian ni jo no obteníem res, amorosament parlant, de la flegmàtica i hipersomrient anglesa. Era una batalla perduda i l'única compensació al propi fracàs era que l'altre també havia fracassat. Era tota una satisfacció veure com les aproximacions del xacal austríac eren rebutjades sistemàticament, a l'hora que fos, al lloc que fos: un somriure de circumstàncies i adéu. La Diane no em tractava millor, els seus somriures es glaçaven a les comissures dels llavis just després d'haver esclatat, però ho suportava bé perquè el meu rival corria la mateixa sort.

El segon fet va ser fruit de l'atzar (o hi havia la mà negra –blanquíssima, en realitat, de porcellana– de la Diane al darrere?): un vespre, a la llista de la feina per a l'endemà que plantaven a l'entrada del menjador, em vaig trobar que ja no m'enviaven als camps de cotó a arrencar males herbes sinó que el meu nom era el primer sota la paraula «Factory». La fàbrica de plaques solars! La cova d'en Sebastian, el castell de Dràcula.

Per acabar-ho d'adobar, vaig haver de treballar a les seves ordres. No estàvem a la secció de plaques solars sinó a la dels escalfadors. Ell es movia per allà amb la facilitat de l'operari expert i coneixia tots els treballadors pel seu nom. Dominava les eines, era ràpid, era traçut. Vam conviure amb dificultats els primers dies, amb algunes topades, protestes i males cares ocasionals. Més endavant, i com que la nostra rivalitat per la Diane ja s'havia esllanguit perquè ella ja ni tan sols ens somreia fredament sinó que ens esquivava amb tota la cordialitat britànica, vam començar a tenir una convivència laboral més acceptable. No anava més enllà d'un comportament educat i un respecte mutu, però ja era un progrés.

Un dia ben d'hora al matí, mentre creuàvem quatre frases de compromís, va sortir el nom de la Diane a la conversa. A l'acte vam tenir un atac simultani de malenconia. No sé qui va començar, però vam competir recreant la nostra derrota sentimental. La nostra Diane, ara ja perduda per sempre, tan perduda com si uns àrabs malvats, sorgits de les dunes, ens l'haguessin raptada en un oasi mentre abeuràvem els camells. La nostra Diane, perduda per sempre, com si un multimilionari argentí, amb una maragda gegantina a l'anell de prometatge, se l'hagués enduta a la seva *estancia* de la Pampa. La nostra Diane, perduda per sempre, com si un pirata barbut l'hagués segrestada en una platja jueva i ara la tingués reclosa en un camarot d'aire viciat. La nostra Diane, perduda per sempre, com si el seu cos inefable s'hagués dissolt en l'aire i s'hagués convertit en aroma de jardí oriental.

Resumint i per acabar de desbarrar: havíem perdut definitivament la nostra Diane i ja mai no visitaríem la mansió familiar al comtat de Sussex, ni ens obriria la porta el vell majordom de la família (fred, antipàtic i amb cara de Gordon Jackson), ni jugaríem a croquet en les avorrides i britàniques tardes de diumenge.

Passat l'atac de malenconia, ens vam mirar a la cara. En Sebastian, llavors, em va allargar la mà. Era una oferta de fi d'hostilitats. I, sense més dilació, ens vam fer amics.

4

Si pogués oblidar el tràgic episodi final, amb quina felicitat recordaria la meva amistat amb en Sebastian!

Em submergiria en els records d'aquell estiu i n'escolliria les millors anècdotes, els moments més emotius, les converses més reveladores, els gestos que no s'obliden... Revisaria les fotos i tornaria a veure les cares que el temps ha anat desfent en la meva memòria: la cara de la Mónica, amb el seu nasset de Cleopatra i els ulls foscos i vius d'una fura; la cara de la Diane, perfecta, la mare de totes les simetries, amb la cabellera negra dividint-se amb exactitud matemàtica cap a les dues bandes; la cara d'en Jordi, tan prima i llarga sota els cabells que fugien en totes direccions, que semblava l'Stewart Copeland, el bateria de Police; la cara d'en Pau, fet un nen però ja amb aquella mandíbula prominent i aquell nas petit i rabassut; la cara de la francesa Julie, celluda i amb els llavis massa carnosos (una infiltració de col·lagen, mademoiselle?, li havíem preguntat insidiosament); la cara d'en Marko, amb les ulleres amb reflexos dels llums del bar i un somriure sense dents; la cara d'en Sebastian.

També buscaria en un calaix les cartes que vaig enviar a casa, mitja dotzena de cartes que ja no sé què deuen dir. Les obriria com qui obre un tresor i les llegiria sol, al costat d'aquesta finestra, on sóc ara, vora el terrat on les plantes sobreviuen com poden a la calor de l'estiu. Somriuria en comprovar la mala lletra de sempre, les línies tortes, les paraules que feia servir aquell que ja no sóc.

Recordaria, miraria, llegiria... i res no tindria un sabor amarg. No hi faltaria, és clar, un glop de nostàlgia. La que és inevitable en aquests casos, perquè és evident que ja no tornaré a viure una experiència com aquella. El traçat de la carretera ara ja no fa girangonses inesperades ni s'obre en trencants enigmàtics sinó que segueix recte com una via de tren. I, a més, si de sobte em trobés una altra vegada a camp obert, ja res no seria el mateix perquè m'he tornat tan desconfiat i recelós que ja no podria fer, com llavors, un amic en un segon. Ni que m'oferís la seva amistat amb un xec en blanc, ni que hi sentís una gran afinitat, ni que em digués que ell, de petit, també tenia un pòster d'en Johnny Rep a l'habitació (la pilota als peus, la camiseta taronja, la mirada desafiant). Me n'apartaria perquè em faria nosa. I potser no per recels sinó només per mandra, perquè conèixer algú nou, saber-ne la vida, interessar-se per les seves coses, m'ocuparia un temps que preferiria malgastar escoltant els programes de ràdio habituals o resolent els mots encreuats del diari.

Sí, una mica d'aquesta nostàlgia per un temps en què l'amistat no feia mandra, sí que tenyiria el relat. Però aquesta nostàlgia no tindria un gran pes i no m'impediria mirar enrere i fer anar els dits pel teclat amb tota l'alegria del món. Recordaria en Sebastian i aquella increïble connexió que es va produir entre nosaltres tot just desapareguda la rivalitat (o fins i tot, mentre aquesta durava): els passeigs nocturns, els partits de dobles al torneig de tennis, l'èpica ascensió a Massada, les discussions davant del cine en què feien *Top Gun*, les catàrtiques converses sobre els nostres pares morts, la complicitat immediata, la confiança sense reserves... Ho recordaria amb plaer i, cada Nadal, quan el correu em dugués una postal de l'amic austríac (les postals que mai no han arribat), llegiria les seves ratlles amb l'emoció que encara destil·laria aquell estiu a Israel.

Però el que va passar a finals d'agost ho taca tot, converteix l'antic amic en una persona detestable, monstruosa, i a mi mateix en un covard i un intrigant. Les fotos d'aquell viatge, revelades només per la insistència de la família, ara s'omplen de pols i es tornen grogues en un racó de les golfes, lluny de la vista de tothom, lluny sobretot de la meva vista. Dubto que mai més les pugui a tornar a veure. No goso pujar a dalt, em fa por enfrontar-me, per exemple, a aquella foto que ens va fer la Mónica («tú, Luis, súbete al escalón, que si no vas a parecer una pulga») davant del menjador del kibbutz, a començaments d'agost. Allà som joves, som amics, som innocents. Després, vam ser vells, enemics, culpables.

Necessito escriure-ho tot per saber què va passar exactament, per què ens vam deixar arrossegar per una situació que es va anar complicant més enllà del que mai hauríem previst. Per què no vam saber afrontar-la? Jo me n'acuso especialment perquè, tenint tres anys més que en Sebastian, hauria d'haver sabut controlar el conflicte després dels primers incidents, calmar els ànims, negociar un pacte de no-agressió entre els dos enemics, però, en comptes d'això, encara vaig atiar el foc.

Però tot això ho explicaré després, quan la cadena d'esdeveniments reclami necessàriament la presència d'aquell acte horrible. La meva dona endevina que va passar algun fet obscur, tant pel meu refús a parlar d'aquell viatge com per algunes frases ambigües que se m'han escapat al llarg dels anys. Aquestes frases, penso ara, ja eren símptoma de la necessitat d'explicar-ho tot, una porta que entreobria i que, a l'acte, jo mateix tancava acovardit. Però ara he d'obrir aquesta porta de bat a bat, és un pes que m'he de treure. Ja no puc esperar més. Després, desaré aquests fulls en una carpeta o els deixaré llegir a la meva dona o els cremaré... o qui sap.

Veure en Sebastian a la tele (perquè era ell: aquell cap, aquella mirada, aquells cabells de color de sorra, aquelles espatlles tirades cap endavant...), m'ha deixat amb un neguit que no se'n va. Ja era així realment llavors? Aquell adolescent que vaig conèixer ja era, en essència, l'home que he vist? No ho puc creure. No sé què pensar.

Sento una altra vegada la seva presència al meu costat (ara que, després de quinze anys, creia que me n'havia deslliurat), com si fos ahir mateix que vaig pujar a l'autobús per abandonar el kibbutz, com si el tornés a veure, a l'altra banda de la reixa de la portalada, immòbil com una figura de cera; jo esperava que em fes adéu amb la mà o, com a mínim, amb un lleuger moviment de cap, però el que havia passat ens havia glaçat per dins, i ni ell ni jo no vam fer res. Encara em sap greu quan ho recordo.

Quina llàstima que aquell estiu no s'hagués aturat a finals de juliol quan en Sebastian i jo, junts a la cadena de muntatge de la fàbrica, ens passàvem el dia fent bromes i rient! L'encarregat, de tant en tant, perdia la paciència amb nosaltres i se'ns acostava amb cara de pomes agres. Era petit i nerviós i, brandant una eina, ens informava que si no deixàvem de fer el ganàpia («you, silly boys!»), ens enviaria als camps perquè el sol ens esberlés el cap com un meló o a la *dishwashing machine*, que era la feina més ingrata del kibbutz. «OK Big Boss», li contestàvem a duo en Sebastian i jo amb un somriure submís quan el teníem al davant i un de foteta quan ja s'havia girat d'esquena.

L'encarregat va complir la seva promesa d'expulsió. No en el cas d'en Sebastian, és clar, ell era fix a la fàbrica, però a mi sí que em van facturar per correu aeri a rentar plats a la cuina (o millor dit, a fregar cassoles i olles perquè els plats i els gots ja es rentaven sols al circuit d'autorentat) amb el jueu més sonat de tot Israel.

Però, abans que m'expulsessin (o simplement em traslladessin a una altra banda), muntàvem escalfadors. En Sebastian s'hi dedicava amb tota l'ànima, potser imaginant que aquella fàbrica era l'hangar d'un aeroport i que aquells aparells que muntava amb tornavís i claus de tub eren peces del seu avió. Treballava com un professional, no com un voluntari, i el seu ritme de producció era tan alt que a vegades li havien de dir que s'ho prengués amb més calma. Ho tenia tant per mà, treballava tant de nord, que fins i tot si de tant en tant perdia el temps amb bromades, en un tres i no res recuperava la producció. La meva ajuda era mínima: ara li aguantava un tornavís, ara li donava un cop de mà per ajustar les peces. Gairebé s'ho hauria pogut fer sol, amb tanta energia i capacitat com desplegava. Jo n'estava orgullós.

Recordo que de tant en tant havíem d'anar a buscar les carcasses dels escalfadors, i si hi anava jo, amb dues en tenia prou i massa amb l'embalum que feien. Quan em veia venir, el meu amic sacsejava el cap com aquell qui veu un espectacle lamentable, digne de llàstima. M'assenyalava amb el dit, feia una rialla de les seves i em deia «spanish» (perquè sabia que aquesta paraula em produïa urticària). Tot seguit hi anava ell i tornava carregat amb quatre carcasses, dues a cada mà, amb les galtes vermelles i bufant com un trompetista. Em mirava, s'assenyalava a ell mateix amb el dit i deia amb orgull «austrian».

També recordo que una vegada en Sebastian va venir a veure'm corrents brandant un exemplar del *Jerusalem Post*. Hi havia una notícia molt breu, un requadret d'agència en una columna de la secció internacional, sobre unes suposades «catalan guerrillas». En Sebastian es va passar el dia rient com un beneit, i durant dies va insistir que confessés que jo no era el que semblava, un avorrit estudiant universitari, sinó que, vestit de caqui i amb una escopeta a l'espatlla, feia vida clandestina a les muntanyes i em dedicava a dinamitar ponts com el Gary Cooper de *Per qui toquen les campanes.*

Sí, en Sebastian, de portes endins, era una mica infantil. Per fora, és clar, simulava ser tot un home: seriós, distant, irònic i molt autosuficient. Però quan estava en confiança (és a dir, amb mi) es deixava anar, s'oblidava del paper que interpretava i sortia a la superfície un altre Sebastian: alegre, divertit, juganer i amb una necessitat urgent de compartir el seu món amb un amic.

No va ser fins al cap d'uns quants dies –o, millor dit, d'unes quantes nits– que vaig descobrir que tenia la imaginació col·lapsada d'heroïcitats cinematogràfiques. Era fill únic i havia viscut els últims deu anys a casa d'uns oncles estirats. A l'escola era considerat estrany i no tenia amics. Els havia trobat a la pantalla del televisor. Les imatges que havia retingut de la seva infantesa eren la de l'aviador que s'abat sobre l'enemic sabent que no tornarà a veure la noia amb qui s'havia de casar (i de qui té una foto a la cartera); la de Gary Cooper sacrificant la seva vida per fer explotar l'arsenal dels rebels en una remota comarca de l'Índia; la del pistoler Alan Ladd, ferit de mort, abandonant el poble després de comprovar que no pot escapar al seu destí; la del víking Kirk Douglas qui, per amor, es deixa matar d'un cop d'espasa a mans del seu antic company; la del penedit Stewart Granger, que torna el diamant al nen i després s'embarca mar endins retallat per una finestra.

Eren incomptables les proeses cinematogràfiques que en Sebastian era capaç de rememorar, primer amb timidesa i després, quan va saber que aquell món no m'era desconegut, amb tot detall, reproduint els diàlegs i els gestos dels herois amb un entusiasme que s'encomanava. «Walking through life with you, Madam, has been a very gracious thing», deia en Sebastian amb tota solemnitat i després saludava com el Custer d'Errol Flynn i sortia per una porta imaginària.

Que fàcil era ser amic seu! No m'hi havia d'esforçar gens.

Tot era espontani, natural, com si ens haguéssim conegut de tota la vida. La nostra amistat no era una aliança necessària que es podia trencar en qualsevol moment. Ens vam trobar perquè ens aveníem extraordinàriament bé i res més. Però, és clar, aquesta potser no és tota la veritat. Pensant-ho bé, a tots dos ens convenia tenir un amic. A en Sebastian, especialment. No n'havia tingut mai cap (una nit m'ho va confessar força emocionat, mirant el terra, amb la veu més trencada) i n'havia estat esperant un durant molts anys. En les nostres converses semblava que hi abocava totes les frases que no havia pogut dir abans per falta d'un bon amic. Per això era incansable quan es posava a parlar de la seva vida a Àustria, de la vida dels seus pares, de la del seu avi, dels seus projectes, de les pel·lícules que havia vist, o, fins i tot, de coses tan extravagants per a mi com el pilotatge d'un avió modern de combat i de les condicions especials que requereix. Jo era per a ell un amic ideal perquè l'escoltava, i ho feia de gust, sense posar-me nerviós, perquè, encara que el que digués no fos especialment interessant, sempre n'aprenia paraules (vaig arribar a tenir força vocabulari sobre el món de l'aviació: «test flight», «aircraft», «aircrew», «landing gear», etc.). D'altra banda, com que el meu anglès era lent com una tortuga, l'interrompia poques vegades i, si ho feia, no era per esplaiar-me en llargs monòlegs.

Si jo li convenia per aquest motiu, ell m'anava bé per una raó més elemental: considerava que fer un amic estranger no tan sols era interessant sinó que, en aquelles circumstàncies (dos mesos a Israel), era gairebé obligatori. Obria la perspectiva, ampliava l'horitzó, donava consistència a les experiències viscudes... i era «chic». Per descomptat, una amant anglesa hauria estat el súmmum de les relacions internacionals, però en el seu defecte, un amic austríac era una compensació acceptable. Com a mínim, m'estalviava haver de fer massa vida amb el producte nacional. No havia anat a Israel per xerrar amb els dos amics de sempre (el trio ja seguiria funcionant després) ni per fumar porros amb uns quants imbècils de Barcelona ni per passar-me el dia parlant de les diferències entre Igualada, Solsona i Manresa amb el grup comarcal.

En Sebastian era diferent, era exòtic, era estrany i, per sobre de tot, era un gran amic. Sabia què era l'amistat precisament perquè l'havia trobat a faltar durant tant temps. Amb ell vaig sentir per primera vegada, i potser per última, la sensació que jo era indispensable, que no era un més d'una colla (no hi havia cap colla, en aquest cas) i que no podia ser reemplaçat per ningú més. Era únic. Em va fer sentir important, tenia una responsabilitat, no li podia fallar perquè jo –de seguida ho vaig saber– era un puntal de la seva vida.

I pensar que tot va començar a base d'«odi reconcentrat»! Encara no puc comprendre com aquella rivalitat va desaparèixer tan ràpidament, però el cert és que es va evaporar com si no tingués consistència, com si aquelles males cares i aquella tensió hagués estat simplement un pas previ, un joc. De la nit al dia, vam formar un duet inseparable. Els altres, acostumats a veure'ns com gat i gos, es van quedar de pedra picada.

En Jordi i en Pau em van venir a veure una tarda a la piscina amb cara seriosa. Tenien tot l'aspecte d'haver celebrat una reunió d'alt nivell. Vaig tancar el llibre i el vaig deixar damunt l'herba. En Sherlock Holmes es va quedar esperant esdeveniments en un fumador d'opi del Soho londinenc. En Jordi i en Pau es van asseure al meu davant. Es van mirar, es van escurar la gola i finalment en Jordi, sense embuts, va dir-me: «Lluís, ja saps què estàs fent? Aquest tio és molt estrany. Tu has vist la pinta que té? Lluís, vigila...» Com que se'm va escapar una rialla, en Pau va intervenir en to greu: «Poca broma, eh? Aquest tio podria ser perillós. Ja saps què s'explica d'ell?» «No ho vull ni saber», el vaig tallar en sec i vaig tornar a agafar el llibre per demostrar que no tenia cap interès en aquella conversa. En Jordi, llavors, va fer una bona inspiració, com per agafar aire per a una exploració submarina, i, movent les mans aleatòriament, va dir balbucejant: «Però... a veure... a veure... tu t'has tornat... maricon o què?» En Pau va bufar alleugerit. El que havien vingut a dir, ja ho havien dit. Me'ls vaig mirar. Els meus amics, amb l'ai al cor, preocupats per mi. Era emocionant.

Els vaig haver d'assegurar mil vegades que no era maricon, que en Sebastian només era un bon amic i que en realitat no era cap monstre estrany sinó un xicot solitari que sí, tenia les seves rareses, però no pas més que l'altra gent. «Si el coneguéssiu millor...», vaig suggerir. Es van tirar cap enrere uns quants centímetres i, si haguessin estat un parell de gats, se'ls haurien eriçat els pèls i estarrufat la cua.

Per recuperar la normalitat, els vaig preguntar pels seus afers amorosos. En Jordi es va ajaure a la gespa mentre en Pau, interpel·lat per la Nicole, que s'havia acostat amb un cigarret a la mà, li deia «no, no fire». «Pau, es diu "light", no "fire"», el va corregir en Jordi amb mandra. «Està bona, aquesta Nicole», va comentar en Pau. «Té un puntet. Li podríem fer un favor», va fer en Jordi. «Què passa amb la Françoise?», els vaig preguntar. Després d'unes quantes frases ambigües i d'unes altres deixades a mitges, vaig concloure que la seva vida sexual vivia moments convulsionats. La belga Françoise, incansable en la recerca de nous amants, els havia abandonat temporalment per un dels italians i estaven desesperats buscant on sucar el melindro. «Amb un espagueti!», va exclamar en Jordi mentre feia flexions per esbravar el seu malhumor i, de passada, impressionar amb els seus bíceps la Nicole, la qual, fumant amb desfici, suposàvem que ens mirava darrere unes ulleres fosques. En Pau, de reüll, li seguia el perfil de les cames. Tornaven a ser els de sempre. Em vaig ajaure a la tovallola i vaig reprendre la lectura: Sherlock Holmes, des d'un fumador d'opi del Soho, seguia alerta.

Si la majoria de reaccions a la meva amistat entre en Sebastian i jo es van moure entre el desconcert i la indiferència, a una persona li vam proporcionar una gran alegria. Era la Diane, és clar, alliberada per fi de l'assetjament a què la sotmetíem. En veure els seus antics pretendents tan ben avingudets, els seus remordiments per haver estat l'esca de la rivalitat i l'odi es van evaporar i va tornar a somriure com abans, amb la mateixa freqüència (altíssima) i la mateixa amplitud (d'anunci de Licor del Polo).

La Mónica, per la seva banda, no va dir gran cosa més enllà d'una frase de les seves («Un bicho raro con otro bicho raro. Dios los cría y ellos se juntan»), perquè es passava el dia fent contactes, gestions i papers amb els dirigents del kibbutz i amb l'ambaixada espanyola per poder-se quedar a Israel. «Yo no vuelvo a España; si no me dan los papeles me mato, pero yo no vuelvo a España. Van a tener que echarme a patadas, porque yo me quedo», ens deia a mitjans de juliol mentre nosaltres fèiem que sí amb el cap perquè tenia mirada de Bernardette de Lourdes i no era aconsellable fer comentaris.

Ah, quin ambient més tranquil hi havia a finals de juliol! El sol esquerdava el cap, el cel rebentava de blau, el sistema gota-gota funcionava de meravella i els carbassons creixien fins a la mida de porres de la policia militar.

Als matins la feina se suportava prou bé, encara que em tocava aguantar l'encarregat de la *dishwashing machine* (un jueu amb la cara mig cremada a qui faltava un bull). M'explicava els seus viatges pel món, les activitats dels quals es limitaven a visites a prostíbuls o llocs similars. N'era un expert i m'il·lustrava amb tota mena de detalls escabrosos. Mitja cara se li contreia recordant aquelles vivències; l'altra mitja, cremada, no s'immutava.

Les tardes eren l'imperi de la nyonya: migdiades eternes amb brunzir d'abelles, suor al clatell, xafogor d'orient mitjà i cançons de Duran Duran o de Spandau Ballet saltant la reixa de la finestra des del barracó del costat.

Als vespres, hi havia converses al bar (en anglès de classe A, en anglès de classe B, en danès o en català); pel·lícules d'en Michael J. Fox al menjador; dards a la cabana, i porros i altres substàncies a la vora de la piscina.

A les nits, quan tothom dormia rere les portes de les cases o dels barracons, en Sebastian i jo, com dos contrabandistes de Moonfleet, recorríem els mil caminets del kibbutz que, en aquelles hores, tenia l'aspecte, la quietud, les ombres i el misteri d'un cementiri.

5

Abans de seguir endavant, m'aturaré un moment per parlar de la família d'en Sebastian. Una última parada i després ja serà inevitable entrar de ple en aquell fatídic mes d'agost de fa tants anys.

Per començar, la família d'en Sebastian era, com se sol dir, tot un poema. No era d'estranyar, perquè una família convencional (un pare que talla la gespa del jardí els diumenges, una mare que fa coques ensucrades i una germaneta que canta a la coral de l'església) no fabrica en dinou anys un aspirant a aviador en un país llunyà i perillós. Jo ja intuïa que el meu amic havia de tenir al darrere una història familiar força estrambòtica, però el que em va explicar va superar les meves expectatives. Era tot real, o la seva imaginació va afegir-hi episodis, va omplir buits i va accentuar fatalitats? No ho descarto perquè ell era com era, i quan es deixava anar era capaç de fabricar tota una traca de mentides. A més, a vegades se li escapaven alguns somriures fora de lloc i em pregunto si no somreia de les seves pròpies creacions. Però la majoria de vegades notava que una emoció sincera corria per sota de les seves paraules, una emoció que en els moments més colpidors es traduïa en forma d'ulls que se li entelaven i de veu que se li apagava. Si una part d'aquelles fantàstiques memòries era fruit de la seva inventiva, doncs, no devia ser una part gaire important, i crec que en general era sincer. A més, no queia en contradiccions o, com a mínim, jo no les hi detectava. En tot cas, no puc separar el gra de la palla i, per tant, explicaré tant el que va ser com el que en Sebastian va crear.

No faré un resum exhaustiu de la vida de la seva família. No podria fer-lo ni que volgués, perquè els anys han passat i moltes coses ja no les recordo. Em limitaré a destacar els detalls que em van impressionar més, aquells que en Sebastian explicava a altes hores de la nit, quan la confiança entre nosaltres era tan gran que ja no li feia por abocar-ho tot; al contrari, ho desitjava, ho necessitava. Tinc l'esperança que tirar enrere en la vida del meu amic, repassar la substància de què estava fet, m'ajudi a entendre el que va passar a finals d'aquell estiu.

La seva mare vivia a Viena, tenia cap a quaranta-cinc anys i ja no sabia que en Sebastian era fill seu. Estava ingressada en un centre psiquiàtric des de feia una dècada i quan en Sebastian l'anava a veure, la seva mare el confonia amb el seu marit, amb el seu pare, amb el seu germà, amb un antic xicot de la Universitat o amb un infermer qualsevol de la clínica. Quan en Sebastian tenia dotze, tretze, catorze, quinze anys, sortint del col·legi creuava tot Viena en tramvia, baixava a la parada de la Beethoven Platz, saludava el porter de la residència, travessava l'ample jardí que s'estenia davant de l'edifici, i si la seva mare –com en tenia el costum– estava asseguda en un banc (els cabells curts, la mirada boirosa, l'abric ben cordat, la bufanda com una serp al voltant del coll), s'hi asseia al costat i li agafava la mà. «Qui ets tu?», li preguntava la mare sense fer-ne gaire cas. En Sebastian, llavors, adoptava un aspecte misteriós i, a cau d'orella, li deia alguna cosa com ara: «Sóc un aviador de la Lufbaffe, senyora. Estic desesperat, busco un amagatall. El meu avió s'ha incendiat a pocs quilòmetres d'aquí i he hagut de saltar enmig de les flames. La RAF m'anava al darrere i ara em persegueixen les patrulles d'infanteria. Ja he enterrat el meu paracaigudes al costat d'unes mates, però ara m'he d'amagar, senyora. Digui'm, hi ha algun amagatall segur? Ràpid, que vénen!» Llavors la seva mare reaccionava de cop, amb els ulls esbatanats, i li assenyalava un gran avet que hi havia al mig del jardí, o uns matolls o una tanca. En Sebastian hi corria i s'hi amagava al darrere i de tant en tant treia el cap per indicar-li que l'avisés en cas de perill. La seva mare mirava a banda i banda, com si vigilés. Aquest joc, i d'altres de semblants, durava una hora cada tarda. Era divertit, era horrible.

Després, ni tan sols això va ser possible perquè les quatre connexions que encara li quedaven a la mare es van trencar i va passar a ser una figura en una habitació blanca amb vista a les esglésies, els museus i les teulades grises de Viena. En Sebastian, que ja havia crescut un pam més, hi entrava, la saludava, no n'obtenia cap resposta, la contemplava una estona i se n'anava. Al cap de pocs mesos, no va poder resistir més aquelles visites i les va anar espaiant fins que van desaparèixer. Aquell estiu d'Israel feia un any i mig que no la veia. Però en tenia una foto i me la va ensenyar. La tenia a l'habitació, a l'interior d'un llibre (un de Robert L. Stevenson). Era una foto d'un dia d'esquí de feia molts anys: una dona alta, pengim-penjam i d'ulls desconcertats (com si no s'esperés la foto) col·loca una gorra amb borla al cap d'en Sebastian, un petit i escanyolit Sebastian. Eren dues figures inestables, fràgils; semblava que en poca estona serien colgats pels borrallons de neu que queien de biaix. «Vaig créixer molt ràpid», va precisar el meu amic amb un tel de veu.

Quan era un nen, la seva mare era única. Era esbojarrada, era divertida i tenia lapsus per parar un tren. Se'l descuidava a les botigues, li donava un transistor embolicat com a esmorzar, el despertava a les quatre per anar a col·legi, el banyava mitja hora després d'haver-lo tret de l'aigua, etcètera. Quan en Sebastian va ser una mica grandet i va començar a comprendre el significat d'aquells lapsus, se sentia a prop de la seva mare, tendrament. Hi estava a l'aguait, li corregia els errors, li rectificava les males decisions. Però alhora, quan els lapsus es multiplicaven de manera intolerable, en una desesperant successió, odiava la seva mare amb totes les seves forces. Per què, d'entre totes les mares del món, ell havia tingut la desgràcia de ser fill d'aquella dona trastocada? Després se sentia avergonyit per aquell odi i es considerava malvat i roí. I a part dels seus sentiments trasbalsats hi havia l'escola. La mare d'en Sebastian, quan encara podia, l'anava a buscar amb un «escarabat» de color groc, abonyegat per tres o quatre llocs i que posava en marxa a batzegades. Els companys, que l'observaven quan pujaven o baixaven dels grans i discrets Opels, Volvos i Mercedes dels seus pares, en feien comentaris i se'n burlaven. A en Sebastian, l'anomenaven «el fill de la boja». Ell contraatacava no convidant-los mai a casa seva, posant-se a la defensiva, barallant-s'hi a la menor insinuació, essent esquerp com un gat. Era considerat un alumne violent, conflictiu i sovint era castigat amb expulsions d'una setmana. «Tu, Sebastian, violent?», li vaig comentar, «no m'ho puc creure». «I'm an iceberg, Louis», em va respondre i va fer una rialleta de les seves.

La situació familiar es va deteriorar del tot quan el seu pare es va morir. En aquest punt no sé si creure'm del tot el que em deia en Sebastian. Hi ha un excés d'èpica en la mort del seu pare. A més, si parlant de la seva mare, en Sebastian es posava trist, recordava amb una ganyota de dolor a la cara o, fins i tot, li queia alguna llàgrima ocasional, quan el protagonista de les seves memòries era el seu pare, no és que no s'emocionés, però de tant en tant se li escapaven aquells somriures inoportuns de què parlava, somriures i rialletes entretallades. Potser és que l'home era un simple funcionari de l'administració austríaca que va morir relliscant a la banyera o atropellat al carrer per un camió o d'un infart, i en Sebastian, sempre a la recerca de mítica, no es podia conformar amb això. Només li faltava que a una mare sonada se li afegís un pare desgraciat amb una mort ordinària. Sigui com sigui, relataré la versió d'en Sebastian. Me la va explicar dues vegades: a la fàbrica, en un descans per esmorzar, asseguts a terra, la primera; de nit, sota les estrelles del kibbutz, la segona. Aquesta última va ser més rica de detalls, però no em sembla que hi hagués diferències essencials.

El seu pare, em deia, havia estat un famós pilot de ral·lis. Hauria d'haver anat a una hemeroteca i comprovar si mai va existir un tal Klaus Pimotariu (era d'origen romanès), que va quedar tercer al ral·li de San Remo el 1974. Aquesta dada la recordo bé perquè en Sebastian me la va repetir unes quantes vegades. Havia obtingut altres bons resultats, perquè segons el seu fill era un as del volant, però no tants com mereixia per falta de bons cotxes i de patrocinadors més estables. El seu pare no era mai a casa, però quan hi era aprofitava el temps perdut. L'anava a buscar a qualsevol hora a l'escola (cabells llargs, atrevit, ferotge, amb el mono d'entrenament posat i el casc a la mà), entrava a classe d'una revolada i se l'enduia amb l'excusa més delirant (havien nomenat l'avi ambaixador de Nova Zelanda, el cavall de la família s'havia mort, la mare assajava a l'Òpera de Viena i no es podia concentrar sense el fill...). En Sebastian sortia de classe amb un somriure triomfal i després pujava al cotxe del seu pare (un Lancia Stratos vermell amb ratlles blanques als costats). Eixordaven els carrers de Viena, espantaven les criatures, es rifaven dels guàrdies: el Lancia Stratos volava cap als afores de la capital roncant com un animal de la selva. Pujaven a cent per hora per les carreteres que s'enfilaven cap als cims nevats. El pare accelerava, frenava i canviava les marxes a una velocitat vertiginosa. El Lancia Stratos derrapava als revolts, avançava els cotxes com si estiguessin aturats, es menjava l'asfalt amb el morro vermell desafiant. En Sebastian, aclofadet al seu seient, assistia a la demostració de pilotatge del seu pare com si contemplés en acció un tità de força invencible. Admirava el seu pare, l'enyorava quan no hi era, va quedar commocionat quan va morir.

La tragèdia va passar durant la disputa del ral·li de Montecarlo, però no va ser a causa de cap accident. El pare d'en Sebastian n'havia tingut (sortides de pista, voltes de campana, xocs contra arbres, etc.), però sempre n'havia escapat, o bé il·lès o bé amb ferides poc importants. Sí, arrossegava seqüeles: duia una placa en una cama, tenia una mà que feia feredat de veure (hi duia un guant), exhibia una cicatriu a la galta dreta... res d'estrany en un pilot veterà que s'havia deixat la pell per totes les carreteres d'Europa.

Un vespre, doncs, en ple ral·li de Montecarlo, Klaus Pimotariu i el seu mecànic feien parada en un hotel de la Provença. Era l'hivern i a fora feia un fred gelat i ventós. Quan algú entrava al hall de l'hotel, un aire polar envaïa la sala. Els pilots i la gent del ral·li s'arraïmaven al voltant de la llar de foc. Bromejaven, explicaven històries, feien pronòstics per a les decisives jornades finals. El pare d'en Sebastian, ben escarxofat a tocar de les flames, amb les cames llarguíssimes saltant per damunt dels braços de la butaca, bevia una gerra de cervesa. Les coses li rutllaven: el Lancia Stratos anava de primera, fi com una seda, convertit en una bala vermella disparada enmig de la neu. Klaus Pimotariu anava guanyant llocs a la classificació; i, amb aquell fred glacial, la neu que tant afavoria la seva conducció no es fondria pas. Els diaris analitzaven les possibilitats d'aquell pilot austríac i *La gazzetta dello Sport* fins i tot havia publicat la seva foto. «La tens, aquella foto?», vaig preguntar al meu amic. «Sí, a Viena, amb l'àlbum de retalls», em va contestar ràpidament. Em vaig avergonyir d'haver-lo posat a prova.

Després de sopar al menjador, el pare d'en Sebastian es va dirigir a recepció per telefonar a la família. En Sebastian recordava molt bé aquesta última trucada. La mare va anar a obrir la porta (un lapsus habitual) mentre ell despenjava l'auricular. «Seb, Seb, Seb, petit!», va sentir en Sebastian, i el cor, com sempre que sentia aquella veu, li va fer un salt. Van parlar animadament, la veu del pare era un torrent desbocat, però abans que en Sebastian cedís el telèfon a la mare, Klaus Pimotariu es va posar seriós i va deixar anar una frase desconcertant: «Recorda sempre una cosa, Seb: sense una mica d'orgull, la vida no val res.» No és probable que digués aquesta frase (si més no en aquell moment). Segurament, en Sebastian necessitava arrodonir la història, posar en boca del seu protagonista una última frase rellevant (perquè era rellevant: el meu amic era orgullós) i premonitòria, un testament, perquè quinze minuts més tard el pare ja era mort.

El relat que en feia en Sebastian era el següent. Es van sentir dos trets somorts, procedents del pis de dalt; després, xiscles i corredisses. Al cap de mig minut, un home elegant i engominat va sortir de l'ascensor amb gest irat. Ningú no va gosar barrar-li el pas mentre creuava el *hall*. Una veu de dona va cridar pel forat de l'escala: «Il a mort sa femme. Elle es morte. Arretez-le!» A la porta giratòria, l'home engominat va treure una pistola de l'abric i es va girar cap al *hall*, desafiant els qui l'observaven. Tots es van amagar darrere les taules i les butaques o van fugir cap al menjador. Tots excepte un: el pare d'en Sebastian, que va seguir dret, sense immutar-se. L'home engominat va córrer cap a l'aparcament de l'hotel i va fugir amb un Ferrari negre descapotable. Klaus Pimotariu, que havia saltat darrere d'ell amb una audàcia que va impressionar (i avergonyir) tothom, va requisar un Austin Martin d'uns anglesos que arribaven a l'hotel i va començar a perseguir-lo. La potència superior del Ferrari negre no va poder fer res contra el pilotatge professional del pare d'en Sebastian. Al cap de cinc quilòmetres el va tenir a la vista; amb una hàbil maniobra el va arrambar contra la cuneta. L'home engominat, llavors, va obrir foc dues, tres, quatre, cinc vegades. No va tocar en Klaus. Va seguir prement el gatell en va: no tenia més bales. El pare d'en Sebastian va sortir del cotxe refiat. Però l'home del Ferrari guardava una petita automàtica a la guantera. Amb ella va disparar-li a boca de canó, covardament, quan Klaus Pimotariu saltava damunt seu com un tigre. «Like a tiger, like a tiger», va repetir en Sebastian la nit que m'ho va explicar amb més detalls, després de representar l'escena amb els cabells sorrencs ben esbullats, les galtes vermelles i els dits com urpes.

Després de la mort del seu pare, en Sebastian va anar a viure a casa d'uns oncles (la mare, li deien, ja no era esbojarrada, era perillosa i necessitava ajuda). Els oncles tenien un pis enorme, amb els sostres molt alts i habitacions fredíssimes. També tenien tres fills modèlics i un estil de vida rigorós i disciplinat. En Sebastian s'hi va emmotllar com va poder, temorós que si el treien fora d'aquella casa hauria de dormir sota un pont. Respectava els horaris i les formes, complia amb les seves obligacions i no es queixava per res, però sabia que era una nosa, un intrús, i desitjava que el temps corrés de pressa per fer divuit anys i fugir. Els tres fills modèlics eren més grans que ell i no jugaven amb en Mowgli (així anomenaven el seu «selvàtic» cosí) si no era per obligació. En Sebastian, que ja era esquerp i solitari, encara s'hi va tornar més. No tenia amics, es tancava a l'habitació, es refugiava en els herois cinematogràfics, en les aventures literàries. Odiava els companys de classe, odiava el món. Esperava l'edat adulta, el moment de passar a l'acció. Mentre l'oncle li preparava una avorrida vida d'advocat vienès, ell somniava una existència desbordada d'aventura, desafiant el perill, vorejant la mort cada minut.

La seva imaginació volava del Baró Roig a Beau Geste, de

Lindbergh a Buffalo Bill, de l'explorador Amundsen al pare amb el Lancia Stratos.

I també hi havia l'avi, el pare de la seva mare. Una altra pàgina èpica de la família. Segons la versió d'en Sebastian, l'avi havia estat sergent de l'exèrcit alemany. «Un nazi!», vaig exclamar jo, més que res per comprovar la reacció del meu amic. «Don't be stupid! He only was a professional soldier», em va replicar indignat. Durant uns segons va restar callat, a punt de marxar cap al seu barracó. Però després que li vaig haver demanat disculpes, va continuar. Ja no recordo ben bé els relats de guerra del seu avi, perquè, francament, no me'l vaig creure gaire. Tenien massa regust d'*Hazañas bélicas*, d'aquells tebeos en blanc i negre amb herois de cartó pedra. En les narracions d'en Sebastian tot era massa vist, com si li hagués faltat temps per desenvolupar bé l'argument. En una, per exemple, hi havia el típic turó inexpugnable, un niu de metralladores de l'enemic i un sergent temerari (l'avi d'en Sebastian) que s'arrossegava amb una granada a la mà entre els cadàvers dels companys caiguts. Els aliats bombardejaven el camp de batalla, el sergent perdia una cama, però encara tenia coratge per arrossegar-se uns quants metres més i llançar la granada amb precisió. Més versemblant que aquestes històries ingènues, em va resultar la mort, gens èpica, d'aquest avi. Era de permís a Dusseldorf a finals de la guerra. Passejava amb la seva dona i la seva filla de tres anys (la mare d'en Sebastian) pels carrers enrunats. Feien plans, tornarien a Àustria, els esperava una casa i un negoci familiar (una rellotgeria). Hitler es rendiria aviat, tot recuperaria la normalitat. Llavors, un camió carregat fins a dalt va passar pel carrer. Tots els edificis van tremolar i una façana mig derruïda va acabar de caure. La mala sort va fer que aquella façana encertés de ple l'avi d'en Sebastian, que va morir a l'instant.

En Sebastian no se'n sabia avenir que un home com aquell (que ocupava darrere Klaus Pimotariu el segon lloc en l'escala de colossos familiars) morís d'aquella manera tan absurda. I quan jo li anava a fer algun comentari sobre la fragilitat de l'existència, ell va sacsejar el cap, em va posar la mà a l'espatlla i em va dir: «Look at the sky, Louis. One day it will be mine» i es va posar a riure. Llavors jo, imitant-lo, vaig contestar: «I know, I know.»

6

En Marko va arribar a començaments d'agost, quan estàvem tan instal·lats en aquella nova vida que gairebé ens semblava que havíem viscut sempre en aquell kibbutz, en aquells sòrdids barracons, amb aquells mateixos companys, a ple sol. No era el paradís (hi havia massa escarabats i mosquits per serho), però s'hi acostava. Els jueus es mantenien a una distància prudencial, ni ens explotaven ni ens atabalaven. I, entre nosaltres, hi havia bon ambient: els grups estaven ben establerts i, com que no es barrejaven més del necessari, no hi havia conflictes importants. Potser seria oportú, ara que és a punt de començar tot, que presentés a l'engròs els voluntaris.

En primer lloc, hi havia el grup nòrdic, molt compacte, que havia arribat feia una setmana i que estava format per una dotzena de danesos –i un suec– alts i saludables (iogurts descremats amb cara de Liv Ullmann, elles, i de Bjorn Borg, ells). Eren nets, es canviaven de roba cada dia, ho acceptaven tot de bon humor i els dies de festa bevien tanta cervesa que era com si aquells adolescents esvelts es transformessin, de sobte, en una colla de bavaresos panxuts. Parlaven un anglès de primera, demostrant l'eficàcia del sistema educatiu del seu país. Si follaven, ho devien fer amb dos preservatius.

Després hi havia el grup mediterrani (per dir-ho d'alguna manera): tres barcelonins i dos italians. Eren l'escòria del kibbutz: desagradables, bruts, cínics, sempre amb una litrona a la mà, un porro a la butxaca i un insult a punt de sortir entremig de les seves dents brutes. De dia deambulaven per les seves feines ressacosos, mal afaitats i amb ulleres de pam. Els de Barcelona eren nens de casa bona, un de llest i dos d'imbècils, però tots duent penjada permanentment la mateixa cara de fàstic. (És un retrat injust i parcial, però és la impressió que em queda d'aquells cinc elements.)

Un altre grup era el de la Commonwealth. No tenien res a veure entre ells: hi havia una anglesa de castell de Sussex (la Diane); una altra apagada i tristoia com una institutriu victoriana (la Nicole); una alegre parella de barriada irlandesa, i, finalment, un texà petit i malparit que un dia, a la tele de la cabana, no ens va deixar veure la final del campionat del món de bàsquet perquè feien un capítol de *Dallas.* L'únic que els unia era l'idioma i l'agradable sensació que, en aquell món ple d'esforçats parlants d'anglès, ells es trobaven a dalt de tot de la piràmide lingüística.

També hi havia la resta del grup català, el comarcal, que se situava a baix de tot d'aquesta piràmide, o fins i tot més avall, al soterrani. Els seus caps jueus es desesperaven en veure que fins i tot les instruccions més senzilles no eren enteses. (Aquí m'hi incloc jo mateix, sobretot al principi. Encara recordo la cara congestionada de l'encarregat de la fàbrica quan em va dir que li portés un martell –«a hammer»– i jo li vaig respondre «What?».) El grup català, versió comarcal, fugia com de la pesta del semidelinqüent trio barceloní. La Mónica, tot i estar-ne una mica al marge, n'era la capdavantera, l'orientadora i la traductora (ho parlava tot i a tota màquina). Els meus dos amics, i jo mateix, ara ens hi uníem i ara ens en separàvem.

Finalment hi havia el calaix de sastre: la llargaruda francesa Julie, la inquieta belga Françoise, l'abúlic alemany Edgar Paul (últim supervivent del gran grup alemany de començaments de juliol) i en Sebastian i jo. Nosaltres ens fèiem amb tots els grups, ens assèiem amb tothom a taula (inclosos els «italobarcelonins», que no sempre eren tan malvats), però en general anàvem a la nostra, érem autosuficients.

En definitiva, hi havia una trentena llarga de voluntaris, convivint acceptablement en un món limitat a música, piscina, turisme, festes i follar. En Sebastian tenia una idea, la Mónica tenia una idea; els altres érem buits com envasos de vidre.

Però en Marko va arribar a començaments d'agost. I en Marko tenia substància.

A primera vista, semblava una gran aportació al grup de voluntaris: tenia carisma, tenia tota una visió del món i destacava com a campió de les millors causes (el pacifisme, l'ecologisme, la justícia social...). De seguida va provocar l'admiració general. Però una frase, una resposta a una pregunta rutinària, ho va complicar tot des del primer moment, va alimentar recels que van anar creixent... i un granet de sorra es va convertir en una muntanya. Una muntanya que ens acabaria sepultant tots. Bé, tots no: en Sebastian i a mi.

La frase la va dir en Marko el primer vespre de la seva estada al kibbutz. Amb una desimboltura sorprenent per a algú acabat d'arribar, ja ens explicava les seves aventures a Israel. L'escoltàvem bocabadats. En Marko no es limitava als recorreguts habituals sinó que s'infiltrava en els barris més marginals i vorejava els perillosos límits fronterers del país. Feia un mes que hi voltava i ja l'havien assaltat dues vegades: uns nois palestins esparracats de Natzaret i dos lladregots de la part armènia de Jerusalem. En Marko no se'n queixava; al contrari, comprenia els seus assaltants. Argumentava que si ell fos un armeni arrossinat i veiés que un ganàpia occidental es passejava pels carrers de la seva ciutat amb ulleres fosques, bermudes i càmeres fotogràfiques, li agafaria una ràbia tan gran que també sortiria de darrere una cantonada i assaltaria l'intrús a punta de navalla. Al seu costat, el rodanxó Edgar Paul, tan necessitat d'un compatriota que des del primer moment ja s'havia convertit en un incondicional d'en Marko, assentia amb el cap, convençut de cada paraula, i completava cada frase del seu ídol amb sonors «ya, ya, ya». La francesa Julie, per la seva part, mentre es tirava els cabells cap enrere per fer-se una cua que mai no s'acabava de fer, protestava per aquella irracional justificació de la violència que demostrava un paternalisme basat en l'excés del sentiment de culpa (o una frase per l'estil, rebuscada com totes les seves). En Marko va replicar hàbilment i la Julie es va batre en retirada, impressionada no tant per les paraules de l'alemany com per la seva intensa mirada lleonina.

A l'altra banda de la taula, la belga Françoise, poc interessada en la comunicació verbal, observava en Marko amb la mirada d'algú que, afamat a mitja tarda, contempla un croissant de xocolata a l'aparador d'una *boulangerie*. A l'altra cap de taula, en Sebastian, amb un cigarret a la mà que es consumia sol, no deia res: arquejava les celles, calibrava el nouvingut, estava a l'aguait. Jo, mentrestant, barrinava el significat de dues de les últimes cinc paraules que havia dit en Marko (què volia dir exactament «turn up»?; i «target»?).

En Marko va seguir tot el vespre convertit en el centre de la reunió. Hi estava acostumat. Se li notava que allà on fos i amb qui fos no era un més, sinó el cap de colla. En tenia totes les qualitats necessàries: era intel·ligent, era divertit, era un líder nat i, a més, tenia aquella mena de presència física, aquell fulgor, de qui només cal que entri en un lloc per xuclar totes les mirades.

Però he de confessar que de seguida em va començar a caure malament. Tant de carisma m'enfarfegava, tantes anècdotes inoblidables em fastiguejaven. O potser era que no m'agradava que en poques hores ja s'hagués après el nom de tots nosaltres i que em digués Louis amb tota naturalitat, amb la mateixa falsa naturalitat d'un empleat de la Caixa de Pensions. O potser era que tots els altres li feien massa cas, s'hi arraïmaven com uns admiradors, subjugats per la presència imponent i la personalitat captivadora d'aquell alemany. O jo què sé per quin motiu, però des del principi vaig començar a buscar-li defectes, flaqueses, impostures. I en Marko en tenia. Si perdia l'atenció unànime de l'audiència, si detectava comentaris col·laterals, la seva simpatia natural es fonia i burxava de mala manera.

Per exemple, quan va explicar que l'exèrcit israelià li havia engegat un tret d'avís («que em va rebotre a un pam del peu esquerre», va dir exageradament) mentre es passejava com un reporter intrèpid pels territoris ocupats. Llavors jo em vaig girar cap a en Sebastian i li vaig dir en veu baixa: «bad luck». En Sebastian va fer una rialla de les seves i, a l'acte, en Marko va comentar que el seu gos reia de la mateixa manera. En Sebastian es va empassar la rèplica; per prudència: encara no sabia qui tenia al davant.

Com un reporter, he dit fa un moment. Sí, perquè en Marko era fotògraf, un *free lance*, i no va trigar gens a informar-nos que quan tornés a Alemanya vendria les seves instantànies a alguna revista. Tenia tota una trajectòria professional que incloïa reportatges a països com Bolívia, Equador, Xile, Turquia i etcètera; havia publicat a *Der Spiegel*, *Der Flueghe*, *Der Halle* o jo què sé. I també al *National Geographic* (cares d'estupefacció entre l'audiència, especialment la danesa) i moltes revistes més. Un dia, precisament, ens va ensenyar un exemplar del *Der Spiegel* de feia uns mesos en el qual hi havia tres o quatre fotos seves. Eren de Bolívia i en Sebastian i jo, quan en vam parlar de nit, vam haver d'admetre, a contracor, que eren bones, fetes amb estil. Ens vam quedar muts una estona, decebuts per haver hagut d'acceptar que en Marko tenia talent. Però la foscor de la nit feia créixer la nostra perfídia i aviat vam concloure que en realitat no tenia gaire mèrit, perquè quan es tiraven molts carrets de fotos, el més normal del món era que en sortissin, com a mínim, tres instantànies presentables. La fotografia era un art molt sobrevalorat. Fins i tot si donaves una càmera a un ximpanzé i deixaves que anés disparant a tort i a dret, segur que de cada tres-centes fotos te'n trauria mitja dotzena de genials. Un ximpanzé! La idea ens va agradar perquè, tal com va remarcar en Sebastian, «Marko» era un nom molt apropiat per a un ximpanzé. Vam riure com animals sota la lluna emergent.

Però tornem a aquell primer vespre. Ens trobàvem a la terrassa del bar que hi havia a un quilòmetre del kibbutz. L'alcohol lliscava per la taula com una serp. La nit era calenta, aromàtica, sensual. Al cap d'una hora, la francesa Julie, a qui tenia al costat, ja no em semblava avorrida i pedant, sinó captivadora i desitjable. Les cames franceses se li allargaven interminablement més enllà del vestit blau elèctric. Per sota la taula li vaig començar a acariciar el genoll, com si fos l'extasiat protagonista d'una pel·lícula d'en Rohmer. Ella ni en va fer cas, però també devia sentir que la nit era calenta, aromàtica i sensual perquè rodejava amb el braç l'alemany Edgar Paul (ulleres de cul de got i cara de peix bullit) i li dedicava mirades tendres. Davant nostre, a l'anglesa Nicole li havia caigut una tira del seu fràgil vestit i les batzegades de l'aire nocturn s'esforçaven a descobrir-li l'arrodonida vermellor dels pits. No gaire lluny d'ella, en Jordi i en Pau, com dos arponers a la vista del desitjat objectiu, se la miraven sense restriccions, absorbits del tot per la camuflada voluptuositat d'aquella institutriu anglesa.

A l'esquerra d'en Marko, la belga Françoise, que feia estona que frisava, ja s'havia llançat a l'atac i amb el peu dret (ungles pintades de rosa) resseguia les cames de l'alemany, sense que ell, amb una seguretat de general de la Gestapo, s'immutés gens ni mica. Repartits per tota la taula, els danesos i les daneses bevien com esponges, alegres i vermells, amb les cares i les espatlles empebrotades de tantes hores de piscina com feien.

A l'altre cap de taula, en Sebastian seia amb un posat tan desmenjat que semblava que en qualsevol moment podia caure de la cadira... i va caure. Ho va fer expressament, per interrompre una llarga anècdota de l'incombustible conferenciant. Ell va fer veure que havia estat un accident, però jo coneixia les seves representacions, el seu estil interpretatiu. A més, la caiguda –les cames enlaire, els braços com dos rems desesperats– havia estat força sobreactuada. Tothom va riure. Jo li vaig picar l'ullet i en Sebastian em va respondre de la mateixa manera. A en Marko no se li escapava res i va preguntar a en Sebastian, en un to aparentment cordial, si era «the clown of the kibbutz». El meu amic va respondre en alemany. Van començar a creuar frases en aquesta llengua. Els dos, alliberats de l'anglès ortopèdic, es van llançar a un frenesí de paraules estranyes que creuaven la taula com núvols de perdigons. L'Edgar Paul havia redreçat les orelles com un santbernat i escoltava aquell diàleg amb consternació. Els altres que érem allà, atonyinats com estàvem per l'alcohol, assistíem a aquella conversa com si, de cop i volta, els nostres companys s'haguessin convertit en extraterrestres. En Sebastian s'havia transformat. Com si fins llavors només n'hagués vist la punta de l'iceberg, aquell Sebastian en alemany era tot un altre: més ferm, més segur, més poderós. La veu no se li trencava, la mirada no li fugia, el cos no se li desmuntava. En Marko l'havia tractat de pallasso i, ara, ell li explicava qui era –Sebastian Pimotariu–, d'on venia –d'una casa antiga de la Viena imperial– i per què era allà –per complir les seves ambicions professionals. No era un pallasso ni un saltimbanqui, però tampoc no es prenia tan seriosament a ell mateix com per no fer alguna beneiteria ocasional. Recordo que en Sebastian, l'endemà, quan em va relatar el diàleg, estava molt orgullós d'aquesta frase, una autèntica fletxa enverinada per a en Marko, que sí es prenia molt seriosament a ell mateix: el superreporter intrèpid que viatjava pels cinc continents amb sandàlies i texans estripats.

El diàleg en alemany es va acabar amistosament, amb somriures i promeses de cordialitat. El cambrer va portar més cerveses, més ginebra i més whisky i en Marko, després d'alguns minuts de conversa a la deriva, va reprendre el relat de les seves aventures internacionals, demostrant que tenia material per omplir mil i una nits. De seguida es va situar per damunt de nosaltres, en un altre nivell, un adult entre canalla, i la majoria ho va acceptar sense protestar perquè era més gran, tenia vint-i-set anys, i moltes experiències al seu darrere (havia descarrilat en un tren de Bolívia, havia estat dos dies en una presó d'Uruguai, havia conviscut en un campament kurd a Turquia...).

Jo, al cap d'una estona, em vaig desconnectar de les aventures d'aquell Indiana Jones (en part perquè estava esgotat de tanta traducció simultània) i em vaig tornar a concentrar en el genoll de la Julie. La meva mà, com que no havia despertat reticències, va lliscar cap amunt, resseguint amb suavitat aquella cama francesa. Era tova, era fresca, era apetitosa. El moviment no va passar desapercebut. La parisenca es va girar cap a mi i, amb ulls de borratxa, em va dir a cau d'orella que aquella nit, si volia, podia fer alguna cosa amb ella i l'Edgar Paul. Un trio! I amb el cara de lluç de l'Edgar Paul. Horror! Vaig retirar la mà a l'instant i la vaig mantenir a un quilòmetre lluny de les inacabables cames de la Julie. Vaig mirar al meu voltant.

No hi havia la Diane.

La meva Diane, el meu pot de confitura anglesa. Ja no podia descansar la meva vista en ella com qui, assegut a la platja, oblida els seus fracassos contemplant la posta de sol.

La Diane havia marxat aquell mateix matí, just quan en Marko arribava. Cada cert temps hi havia relleus, gent que venia i gent que marxava, en solitari o en ramats d'un mateix país, però aquell dia va ser especial, determinant: l'anglesa Diane va marxar, com ensumant el mal ambient futur, i va aparèixer l'alemany Marko, per encendre el foc.

A primera hora, vam acompanyar la petita Diane a la parada de l'autobús. Va ser un acte especial, emotiu, de reconeixement pels serveis prestats. No hi van faltar alguns hipòcrites, aquells que tenien com a objectiu a la vida els festivals nocturns de porros, pastilles i whisky i que s'alegraven de la marxa d'aquella pesada que organitzava, dirigia i renyava els voluntaris com si fos la duquessa de York. Em refereixo al grup mediterrani, és clar. Però a la majoria ens va saber greu quan dos dies abans, i de la manera més sobtada, ens va dir que havia decidit canviar de kibbutz. Va al·legar raons turístiques, de coneixement del país. Per compensar el desconcert general i el desànim d'algunes cares, aquell vespre va repartir més somriures que mai i quan algú va proposar que l'acompanyéssim a la parada de l'autobús, hi va accedir (de mala gana: els homenatges públics no concordaven amb el seu caràcter discret).

Per això, el dissabte al matí, amb ulls plens de lleganyes i badalls que s'encomanaven, vam sortir de processó portant en braços la petita Diane. El cel lluïa com una planxa, el sol escalfava motors, la calor començava a prendre cos per tots els raconets d'aquella terra.

Ens va anar acomiadant un per un. A en Sebastian i a mi ens va dedicar una atenció especial. Ara que se n'anava ja es podia permetre fer un gest cap a nosaltres. En fer-li un petó, vaig olorar per última vegada el perfum que desprenia la seva cabellera negra. Després es va presentar l'ocasió de remoure la cendra del passat. «Tornaràs?», li vaig preguntar amb una mirada molt entrenada. «Actor's studio?», em va comentar Sebastian a cau d'orella. «Who knows?», va respondre la Diane «God ooonly knowwws», va entonar llavors el meu amic, que estava molt content, gens afligit per la marxa de la Diane. «Dios, si lo sé no me levanto de la cama», va saltar de seguida la Mónica i es va tapar les orelles amb les mans.

Pujant lentament per l'ampla carretera, va arribar l'autocar. Les portes es van obrir amb el cop sec d'un tret d'escopeta. A dalt dels tres esgraons, un estranger de cabells de color de palla es feia una cua amb tota l'ostentació del món. Duia camiseta negra, texans gastats i sandàlies. Quan va baixar de l'autocar va causar una gran impressió en les noies del grup de voluntaris perquè era alt i guapo. No va causar tan bona impressió en els nois del grup justament perquè era alt i guapo. La Diane, llavors, va somriure per última vegada, va pujar a l'autocar, ens va fer adéu amb la seva mà blanca i perfecta i, en un instant, la porta es va tancar amb una petita explosió i els vidres la van esfosquir de seguida a la nostra vista. En aquells moments, mentre tots li fèiem adéu amb la mà, vaig sentir que... (bé, potser no ho vaig sentir llavors, potser és una sensació que creo a posteriori per arrodonir la narració), vaig sentir que amb la Diane fugint en aquell monstre de ferro i de vidre, l'ordre i la tranquil·litat amb què havíem viscut aquelles últimes setmanes perillaven. O dit d'una altra manera, que ens abandonava la civilització.

Va ser un vespre llarg, que semblava que no s'esllanguiria mai, però de sobte a en Marko se li va acabar la corda i es va fer el silenci. Les quatre llums del kibbutz quedaven lluny, la carretera aparcixia més fosca i ascendent que mai. El cambrer del bar apagava bombetes, recollia gots i estossegava. Ens vam aixecar i, llavors, per dir alguna cosa, la silenciosa Nicole va preguntar a en Marko per què havia vingut precisament a Israel. En Marko només va dir: «I'm german. That's enough.»

No tots van sentir aquella resposta perquè la va dir amb una veu fosca, sentida. Sóc alemany, no cal dir res més. Em va agradar aquella resposta i no vaig ser l'únic. Immediatament ens vam creuar la mirada amb en Jordi i en Pau i vaig notar l'impacte d'aquelles paraules en els seus ulls. La Nicole desviava la mirada; la Françoise es calçava en silenci, avergonyida de la seva frivolitat. Els danesos, per la seva banda, es van quedar durant uns segons ben callats, capcots, pensatius. Dinamarca havia patit l'ocupació nazi i, encara que ells eren nets, polits i sense tara, hi havia tot un passat tràgic en les vides dels seus pares i avis.

Vam baixar fins a la carretera sense dir res, sota els efectes d'aquella frase d'en Marko. Pel camí, em vaig anar penedint de l'antipatia que havia anat segregant per ell durant aquell vespre. Ara el trobava valent, profund, sincer.

No em vaig adonar fins al cap d'una estona que, uns metres darrere de tot el grup, hi havia en Sebastian, caminant a poc a poc i amb les mans a les butxaques. Em vaig despenjar dels altres per esperar-lo. Quan va arribar al meu costat, vaig veure que estava furiós, amb els ulls encesos i les dents serrades. Li vaig demanar què li passava. Fins que la resta no es va haver dispersat cap als seus barracons i no vam ser sols, asseguts al respatller d'un dels bancs de la placeta central, no m'ho va voler dir.

Va donar moltes voltes, va explicar històries que no sabia d'on venien i on anaven, va deixar anar més insults dels que mai li havia sentit; tot a l'interior d'un discurs exaltat mig en anglès mig en alemany que se'm va escapar gairebé del tot. Però al final, d'entre tanta confusió, en vaig extreure una idea clara: allò de «I'm german. That's enough» havia tret de polleguera en Sebastian.

Jo no entenia res. L'iceberg del meu amic sortia a la llum.

7

L'argumentació d'en Sebastian, un cop esporgada d'insults, queixes i nervis, era senzilla. El seu avi havia mort per culpa de la guerra i molts parents seus també, i veïns i coneguts. Si volia me'n podia fer una llista interminable. No només havien mort als camps de batalla, havien mort a casa, al carrer, a l'escola, anant a comprar el pa, sortint del cinema, malalts al llit. Havien estat víctimes, no botxins. Un dia qualsevol s'havien trobat corrent cap als refugis mentre les bombes destruïen les seves ciutats; o s'havien trobat vestits d'uniforme, amb una arma al braç, formant part d'un exèrcit, i els havien facturat en camions cap a un racó de món per disparar, per obrir trinxeres, per saltar pels aires. No tenien res a veure amb l'alta política, amb les decisions sinistres d'un boig reclòs en un búnquer de Berlín. No tenien res a veure amb els camps de concentració, amb l'extermini de jueus, amb l'holocaust. Per què s'havien de sentir culpables?; per què havien d'acotar el cap i posar cara de xais que porten a l'escorxador? No eren responsables del que haguessin fet els nazis. Que els nazis eren alemanys?, que eren austríacs? I què? Si el teu cosí és un psicòpata que mata cinquanta persones en un restaurant xinès, és que tu, com a familiar seu, ets coresponsable dels seus actes? No, no i mil vegades no. Doncs encara menys coresponsables s'havien de sentir ells dels actes horribles que alguns compatriotes havien comès. A més, ells, a Viena, no havien estat mai antisemites. Després, sí, quan les coses es van posar malament, no tothom es va comportar de la manera més valenta. Però, qui no seria covard per salvar la pell? Perquè d'això s'havia tractat, de salvar la pell.

En Sebastian estava encès com una torxa, com si aquell tema fos de vida o mort. Dues o tres vegades vaig intentar desviar la conversa, parlar de coses més inofensives, però no hi va haver manera i per això seguíem ell i jo (en Dràcula i el seu ajudant, ja ens anomenaven per tantes rondes nocturnes) consumint la nit en un debat interminable. La meva oposició va ser dèbil. Tenia son, els ulls em pesaven com lloses. Tan sols vaig dir, quan vaig poder-me obrir pas entre la cascada de paraules d'en Sebastian, que la posició d'en Marko em semblava comprensible i que segurament era compartida per molts altres alemanys. No se n'havia d'estranyar tant ni fer-ne tants escarafalls. Formar part d'un poble, d'un país, significava també assumir l'herència... Però no em va deixar ni acabar de parlar i va seguir amb la seva bateria de retrets contra aquests hipòcrites compungits.

Amagava alguna cosa? Hi havia alguna sòrdida història familiar relacionada amb els fets més sinistres de la Segona Guerra Mundial? I se m'acudia una altra pregunta: si l'avi matern pertanyia a una rància família vienesa, podia haver estat un simple sergent?

Francament, se'm va fer tan pesat, era tan inflexible i estava tan encastellat en les seves posicions que al final li vaig donar la raó de mala gana i li vaig dir bona nit. És com si el veiés encara, dret entre les ombres, amb una mà aferrada a la branca d'un arbre, sulfurat amb en Marko, sulfurat amb mi, sulfurat amb el món sencer.

Com a represàlia, l'endemà, en l'excursió que ens havien preparat cap al nord del país, el vaig castigar.

Quan vam sortir dels barracons en direcció a l'entrada del kibbutz, ja vam sentir els roncs de l'autocar. En Jakob, el veterà cap del kibbutz, amb camiseta ajustada per marcar pectorals i bíceps, ens esperava amb un llistat a la mà. «Good morning, good morning!», ens va rebre amb una veu potent de capità de vaixell. Nosaltres fèiem cara de son i estàvem entumits; ell desprenia vitalitat i energia: segur que ja havia fet setanta flexions a la barra i vint piscines amb el seu crol de Tarzan jubilat.

Al davant de tot de l'autocar, s'hi van asseure els danesos, amb càmeres penjades al coll i tones de fulgor juvenil. El sol que entrava de biaix feia resplendir aquell mar de cabells rossos. A l'última fila de l'autocar, en dur contrast amb la saludable Escandinàvia, el quintet italobarceloní, convenientment arrossinat i estripat, ja preparava el primer porro de la jornada mentre renegava en veu alta d'aquella excursió organitzada («joder, quina puta merda d'autobús!»; «I total, per fer el gilipolles!; «Qui vol una birra? Desperta, Carlo!»). A l'altra banda, l'Edgar Paul i la Julie no havien acabat encara el festival nocturn i es magrejaven amb desfici. Una mica més enrere, l'anglesa Nicole i el texà petit i malparit consultaven un mapa d'Israel; ell mastegava xiclet, ella es posava crema a les tendres galtes britàniques. Al seu darrere, en Marko llegia el *Jerusalem Post* amb el posat d'un enviat especial a la zona de conflicte; al seu costat, la Françoise, amb *shorts* que deixaven a l'aire les cuixes de tennista, remenava la seva bossa fins que n'extreia unes ulleres fosques. A l'última fila, en Sebastian, el solitari Sebastian, amb una mala cara d'espant, amb les parpelles que li arribaven als peus, semblava més que mai l'«element estrany»: ni duia motxilleta, ni mapa, ni entrepans ni càmera (no en tenia: «I'm not a fucking tourist»), ni res de res. Ell sol, dos metres paramilitars des del cap despentinat fins a les botes negres.

Llavors jo, quan vaig pujar a l'autocar i vaig veure el panorama, el vaig castigar. En comptes d'anar al fons de tot, on en Sebastian ja m'havia fet lloc, el vaig saludar a distància i em vaig quedar cap al mig, al costat de la Mónica i just darrere dels meus amics, en Jordi i en Pau, a qui havia tingut una mica massa abandonats. En Sebastian em va mirar un instant amb cara de no entendre res. En aquells moments em vaig sentir una mica culpable, però també alliberat perquè últimament havia tingut massa racions d'«austríac sonat» i em convenia un àpat casolà.

L'atlètic Jakob va pujar a l'autocar amb tres saltirons i va dir «shalom» al conductor. Les portes es van tancar amb un tret d'escopeta i vam abandonar el kibbutz com nens que abandonen l'escola per un dia.

Els meus vells amics! En Jordi, tan feliç com jo pel retrobament, em va començar a explicar que ja havien deixat córrer la belga menjahomes i que ara concentraven totes les seves energies en la Nicole, que no tenia la vulgar carnalitat de la belga sinó que era d'un tipus més subtil: una noia amb una aparença discreta que, en la intimitat, era un volcà en erupció. «Tenim informes. Sembla una bibliotecària però al llit es veu que... I no serà gota difícil», va afegir en Jordi amb una picada d'ullet. Vam seguir una estona en aquest estil, lloant les excel·lències ocultes d'aquella institutriu anglesa, tristoia i apagadota per fora, però felina i libidinosa a l'interior dels barracons humits. En Pau assentia amb el cap i, després de mirar de reüll la cremosa Nicole (nas ben blanc de crema perquè li tocava el sol de cara), es posava vermell fins a les puntes de les orelles.

La Mónica assistia a la conversa amb un disgust evident que s'expressava en negacions amb el cap o en frases com «sois asquerosos». Després, per acabar-la de molestar, li vam assenyalar una bandera israeliana que penjava del balcó de la comissaria del poble que travessàvem. Era una bandera descolorida que queia a plom, com morta, en el centre d'un edifici de pedra blanquinosa. «Que no li fas una foto?», li vam preguntar, avesats com estàvem a veure com desenfundava la càmera cada vegada que veia onejar la bandera de l'estrella de David. «¡Que se joda!», va replicar. Ens vam mirar la Mónica com si ja no fos ella. Què li passava?

Vam suavitzar el to i, en pocs minuts, vam aconseguir que ens aclarís la situació. Va ser fàcil. Necessitava desfogar-se perquè feia dies que estava força desanimada. Tot eren dificultats, li posaven bastons a les rodes, no li oferien cap ajuda. Ella hi bolcava anys d'entusiasme i ells, en canvi, li tornaven fredor burocràtica. Havia esperat que les portes se li obririen de bat a bat o que, com a mínim, un cop la coneguessin bé, l'ajudarien en bloc a superar totes les dificultats. Però els jueus eren tan cerebrals! Anava d'una banda a l'altra, la miraven amb ulls penetrants, desconfiats, i es pensaven que estava sonada: una noia espanyola que se sabia de memòria la història d'Israel, que havia vibrat amb les victòries militars, que s'exaltava parlant de cada racó del país, que havia dedicat anys a aprendre l'hebreu (al cap d'un mes, ja el parlava com una nadiua), en fi, que s'extasiava només de sentir les sis màgiques lletres que formaven el nom d'aquell país... La Mónica no entenia per què, en comptes de sacrificar un vedell i celebrar una festa de benvinguda, intentaven dissuadir-la de les seves intencions. Se sentia decebuda, frustrada, emprenyada.

Vam buscar explicacions a la seva situació. En Pau li va fer veure que el que li passava era el més normal del món. Va treure arguments de classe de religió de tercer de BUP. El cristianisme era expansiu, tenia fúria convertidora, enviava missioners als «negritus» de l'Àfrica, cremava heretges, era insaciable. Però el judaisme no volia adeptes nous, ni un; era la religió d'un poble, exclusiva, un xalet privat. Els altres, els no jueus, no hi eren benvinguts.

«¿De qué me estás hablando? Yo no quiero convertirme al judaísmo. Lo único que pretendo es que el estado de Israel me permita...», va començar a explicar la Mónica, però la vam interrompre. «És el mateix», vam dir tots tres com un sol home, que per alguna cosa havíem fet el tercer de BUP plegats. Com que semblava que teníem un cert èxit, vam seguir atacant per aquest flanc, insistint en la idea de la històrica impenetrabilitat del poble jueu («que no veus en quins barracons ens han col·locat?, que no veus com ens mantenen a distància?»).

Bombardejàvem a tres bandes, repetíem les paraules, l'aclaparàvem. En Jordi va decidir canviar d'argument. «El que passa, Mónica, és que has vingut tard. Quaranta anys tard. Tu havies d'haver estat una pionera, dels fundadors, baixant del barco aquell famós de la mà d'en Paul Newman. Plantant arbres, cantant cançons kumbaiàs, donant de menjar a les gallines, respirant l'aire verge del país, jo què sé. Però ara la idea ja s'ha podrit. Israel ha fet guerres, ha bombardejat camps de refugiats, ha matat nens palestins... Per això et dic que has vingut tard. M'entens, oi?» «Como alguno de vosotros diga una palabra más, yo me bajo de este autocar ahora mismo.» No ho deia en broma, era capaç de fer-ho. La Mónica estava desil·lusionada, tenia problemes, però hi havia coses que no estava disposada a sentir, i menys si venien de tres ximples que no sabien res de res.

Galilea, assotada pel sol, passava per davant dels nostres ulls. Turons pelats, o mig pelats, pocs arbres, sequedat general. Era un paisatge que ens deixava indiferents, massa conegut, massa semblant al nostre de cada dia. A més, en aquella època ja estàvem farts de buscar peculiaritats paisatgístiques.

Però ens dirigíem cap a la frontera del Líban i una creixent sensació de perill ens anava envaint a tots. Una agradable sensació de perill, com la que vam viure en aquella excursió en cotxe llogat cap als terrritoris ocupats. La Mónica ens empenyia a seguir endavant (tot i les protestes dels més prudents) i ens explicava que aquella terra àrida, aquella terra que no valia res, l'havien guanyat els jueus en una brillant ofensiva. Vorejant la carretera hi havia reixes altes, acabades en punxes, que s'estenien desert enllà. De sobte, un jeep amb més armes que soldats es va creuar davant nostre. En Pau, sempre el nostre sofert xofer, va frenar de cop. El grinyol de les rodes va tapar els nostres xiscles. Dos soldats van saltar del jeep. Però devíem tenir un aspecte tan penós de turistes desemparats, que només ens van indicar que giréssim cua. Després, passat el moment i la por, vam pensar que era una llàstima que ni tan sols ens haguessin fet ensenyar els passaports o, posats a demanar més, que no ens haguessin fet baixar del cotxe amb les mans a la nuca. Se suposava que estàvem en una zona prohibida. Una exhibició d'abús militar hauria estat tota una experiència. Una mica d'èpica, si us plau, que érem a Israel! Però res: gest de girar cua, somriure, i s'ha acabat.

Total, que ara tornàvem a apropar-nos a una frontera del país, però no pel nostre compte sinó en viatge organitzat pel kibbutz. La noia que feia de guia era guapa, simpàtica i tenia un anglès tan bo que assistíem als seus monòlegs amb cara de lluç. «Què ha dit?, què ha dit?», ens repetíem tots tres. La Mónica, ensopida i enroscada al seu seient, no obria boca. Vam arribar a la frontera. Un parell de soldats feien guàrdia en un garita elevada, les reixes es multiplicaven, dues banderes en dos pals haurien onejat si hagués fet vent. Els danesos es van posar de genolls als seients i van començar a fer fotos a dojo amb les seves maquinetes. En Marko seguia llegint el diari, la Françoise ni es va treure les ulleres fosques, el texà petit i malparit va comentar alguna cosa sobre «México» a la Nicole, l'Edgar Paul i la Julie es van deixar de magrejar un moment i van preguntar què passava, el quintet arrossinat escurava el cul d'una litrona i en Sebastian va obrir una finestreta i hi va entaforar el seu caparràs irrregular. El sol queia des del seu zenit, les reixes metàl·liques resplendien, els soldats vigilaven... i l'enemic invisible podia abatre en qualsevol moment el nostre autocar. Una mica d'aire calent es va arremolinar i les dues banderes es van inflar altivament.

Com que la Mónica no reaccionava, em vaig permetre la llibertat d'agafar la màquina de fer fotos de la seva bossa. «Fes una foto, Mónica, que si no te'n penediràs. Si vols, ja te la faig jo mateix.» Es va desenroscar, em va dir «qué pesado eres», però va agafar la càmera i va fer un parell de fotos al lloc fronterer. «¿Satisfecho?», em va dir de mala gana i va desar l'aparell. «Mónica, estàs molt guapa, avui», li vaig dir, i no només per animar-la sinó perquè realment l'hi trobava. Com a exultant projueva em carregava, però com a noia-desencantada-que-havia-vist-com-el-seu-somni-es-començava-a-trencar-a-trossets m'agradava, em fascinava, m'emocionava. «¿Estás intentando consolarme?», va replicar de seguida. Era implacable.

Després de la visita a la frontera i a algun altre lloc que no recordo, ens van portar a dinar. Vam fer un àpat d'estil àrab, inacabable, asseguts en catifes polsoses i coixins vermellosos, i devorant primer amb gana i després amb nàusees platets i més platets d'arròs, de cuscús, de blat de moro, de cogombre i de mil i una coses més. A mitja tarda, vam sortir de la tenda amb la panxa tan plena com si ens haguéssim menjat sencer el vedell de la Mónica. En Jakob, sempre amb el manual del bon viure a punt, ens va recomanar un passeig pels voltants.

Era un camí vorejat pels mateixos eucaliptus que hi havia a prop del kibbutz i a tot arreu, i que servien per tallar el vent, per camuflar carreteres a l'enemic o, simplement, per oferir una mica d'ombra a l'assolellada població. Uns eucaliptus alts, tristois, i sempre torts, decantats per l'empenta dels vents del país, que no tenien més obstacles en aquella terra seca que aquells pobres arbres replantats.

Darrere de les vigoroses passes d'en Jakob, a qui la guia guapa havia de seguir tot fent marxa atlètica, hi havia un nombrós grup liderat per en Marko. Dues daneses ja s'havien tret de sobre qualsevol rastre de discreció escandinava i assetjaven sense contemplacions l'alemany. La belga Françoise, disposada a retenir el seu nou mascle com fos, s'hi arrapava amb força. Nosaltres anàvem força més enrere i discutíem quina havia de ser la capital de la Catalunya interior. En Sebastian caminava sol. Dues cinquenes parts del grup italobarceloní vomitaven sota un eucaliptus.

El millor moment –i el pitjor– de l'excursió va venir una hora més tard, quan van tornar a passar llista i ens van empaquetar de nou a dins l'autocar. Ens pensàvem que tornàvem al kibbutz, però en Jakob ens va enviar una de les seves reconcentrades mirades i ens va dir: «now, to swim».

L'autocar es va endinsar en un indret boscós, natural, no replantat. Hi corria, al fons d'un petit congost, un riuet flanquejat per roques. En fila índia vam anar baixant lentament, agafats de la mà com nens de guarderia. Vam arribar a un lloc on el riu s'embassava. Una impressionant paret vertical d'uns quatre metres limitava per una banda la gorga.

Un bany al riu. Per a molts era una experiència nova, però no per a mi (el pare ens havia dut de petits al Gurri, feia molts anys, abans que les granges de porcs convertissin la nostra Plana en una claveguera). Ens vam quedar palplantats al costat de la gorga, amb les roques immenses comprimint el riuet i a nosaltres. El silenci del lloc era imponent. Els pins de més amunt no movien ni una sola fulla.

El cap del kibbutz va decidir exhibir-se un cop més («és un cas patològic», em va comentar en Pau) i es va llançar a l'aigua de cap. Va fer unes braçades enèrgiques i, finalment, amb veu potent, va dir-nos a tots «C'mon, let's go» o alguna cosa semblant.

En Jordi no s'ho va pensar dues vegades i, tot situant-se en el camp visual de la Nicole, va aconseguir ser el primer voluntari a tirar-se a l'aigua. Un segon més tard, va emergir a la superfície sacsejant-se com un minipímer i cridant com un desesperat: «Hòstia puta! Està gelada!»

Una llarga successió de xiscles i crits, masculins i femenins, es van anar produint mentre els voluntaris ens ficàvem a l'aigua, que era freda més enllà del que es podia imaginar. Érem a Israel, en ple estiu, feia un sol diabòlic i, en canvi, en aquella fondària hi circulava un riuet glaçat, com si baixés d'un cim dels Alps. «Vet aquí la infinita varietat de la nostra terra», semblava dir el somriure satisfet del cap del kibbutz, que s'estava ben quiet en el centre de la bassa, com un faquir hindú, demostrant una vegada més les seves impressionants facultats físiques. Al seu voltant, els nyicris europeus xisclàvem, tremolàvem de fred o simplement fèiem el ximple.

Tots vam ficar-nos a l'aigua. Els jueus ens ho van plantejar com una obligació, una prova de superació personal, amb ordres que si no eren ben bé militars, s'hi assemblaven. La majoria vam fer una sucada ràpida, entrar i sortir. D'altres van resistir més. En Jordi, després del fracàs, es va proposar ser campió de la resistència, però les dents li espetegaven i, a més, no hauria pogut competir amb en Marko, que nedava per la bassa amb tota la tranquil·litat del món. Al cap d'una estona, el cap del kibbutz va preguntar si ja s'havia banyat tothom. Ens va repassar amb una mirada desafiadora. Llavors jo vaig pensar en en Sebastian. On era? Havia tornat a l'autobús? Ho esperava perquè no volia que el posessin en ridícul.

Però el meu amic (una discussió i una jornada oficialment barallats no li havien tret aquest títol) no havia marxat d'allà. S'estava dalt de la paret de quatre metres, a contrallum, dret amb les mans a les costelles, retallat com un pistoler de l'oest. Duia les botes, els pantalons de butxaquetes, la camisa caqui, el fulard. Una figura altíssima, infinita. En Marko, l'únic que seguia a la gorga junt amb l'impertorbable cap del kibbutz, va interpel·lar en Sebastian. «Què passa, Sebastian, tens por de l'aigua?»

Llavors algú va cridar el seu nom, un altre s'hi va afegir i de seguida tot va ser un clam: «Sebastian, Sebastian, Sebastian!» El meu amic no es movia, no deia res, seguia retallat dalt d'aquella paret. Els crits no es van aturar. Ara en Marko nedava a dins l'aigua, indiferent al que passava, com si no hagués estat ell qui ho hagués provocat.

En Sebastian, llavors, va saltar cap a l'aigua. De peus, de la manera més inexpressiva, com un cadàver que es llença al mar. Les botes van explotar contra l'aigua, la gorga es va tenyir de verd. Vaig témer un accident. I si no hi havia prou profunditat? Fins i tot en Jakob es va posar les mans al cap. Hi va haver un segon d'expectació, de terror, de tragèdia. Però en Sebastian va emergir de l'aigua a l'instant, com un tigre, poderós i invulnerable.

Quan va sortir de la gorga no va correspondre als aplaudiments i a les felicitacions. Quan vam creuar les mirades, vaig intentar transmetre-li un senyal d'amistat, de solidaritat, però ell me'l va rebutjar. Després, quan es va treure la camisa, que semblava que regalimés sang damunt les roques vermelloses, tots li vam veure les costelles que se li marcaven a la pell blanca, blanquíssima.

8

Aquella nit no podia dormir, em regirava al llit i la suor, barrejada amb el líquid contra els mosquits, em baixava esquena avall. Tenia remordiments. Les imatges del dia se'm repetien una vegada i una altra i m'acusaven: en Sebastian sol al fons de l'autocar mentre jo l'ignorava; en Sebastian passejant sol pel camí dels eucaliptus; en Sebastian obligat a saltar a la gorga i rebutjant després el meu apropament, considerant-me un dels altres, un qualsevol... Estava disgustat pel paper que li havia fet. En Sebastian no s'ho mereixia. Com a mínim m'hi podia haver acostat un moment, just pujar a l'autocar, i explicar-li que tenia ganes, per un dia, de fer una bona xerrada amb els meus amics de sempre. Ell ho hauria comprès perfectament i llavors jo, durant l'excursió, ja hauria trobat un moment per a en Sebastian. Però el meu comportament havia estat molt fred, cruel; li havia fet pagar amb massa duresa una discussió insignificant. El meu jo venjatiu s'havia imposat una altra vegada. Vaig prometre'm a mi mateix que, si aconseguia recuperar la seva amistat (cosa que considerava difícil, perquè ell era molt tossut), no li tornaria a fallar. Aquest propòsit, a l'instant, em va fer estar més content de mi mateix. Semblava una bona promesa, sorgida de la part més noble de la meva personalitat.

Durant les setmanes que van seguir, vaig complir aquesta promesa a la perfecció. No li vaig fallar, vaig estar amb ell, al seu costat, fidel com un gos. Massa fidel.

A quarts d'una, animat per aquestes bones intencions, vaig sortir a donar un volt pel kibbutz. La nit era més fresca, més fosca i més ventosa del que era normal. Les atzavares de davant dels barracons no s'immutaven, però la resta es movia compulsivament sota l'embat furiós del vent. Els fils d'electricitat ballaven entre els arbres, els gossos llunyans bordaven amb desfici, el ric-ric dels grills era frenètic i crispava els nervis, els núvols corrien pel cel com posseïts pel dimoni. Era una nit elèctrica, i feia mitja por passejar en solitari per aquells camins que baixaven i pujaven sota la sinistra presència de les branques dels arbres, que es movien i se sacsejaven com braços articulats. Mentre avançava amb temor pels caminets foscos, pensava que no trobaria en Sebastian per enlloc, que la nostra amistat ja no es refaria d'aquella ruptura i que durant tot l'agost que ara començava ens repartiríem males cares i i gestos de menyspreu.

Després d'uns deu minuts o d'un quart d'hora sense trobar el meu examic, vaig decidir que ja en tenia prou d'excursió terrorífica pel kibbutz i vaig girar cua. Havia arribat fins ben avall, al límit de l'últim bloc d'apartaments, allà on vivien, independents dels pares, els adolescents del kibbutz (incredulitat, estupefacció i finalment enveja el dia que vam saber aquella particularitat del sistema). El camí de tornada feia una suau pujada que el vent, que bufava en contra, convertia en una autèntica ascensió. M'inclinava cap endavant per resistir la força de la venteguera, sentia sorolls de mil animalons nocturns, sospitava la presència de terroristes palestins enmig de les mates negres. La sang em bategava al cor, als polsos, a les genives de les dents.

A la fi, mig corrent, vaig arribar al carrer central, on abundaven els fanals, les papereres, els parterres de gespa... en una paraula, es respirava el perfecte ordre jueu. Llavors, a través dels vidres bruts de les ulleres, vaig veure una ombra jaient en un banc de la placeta central. Una ombra llarga, inacabable, infinita i immòbil com una estàtua. No podia ser ningú més que ell.

Jeia al banc i fumava. De la seva figura n'ascendien cercles (intents de cercles) de fum blavós que es desfeien al cap d'un instant. Tenia una mà al clatell i una cama damunt del respatller del banc. La bota negra es movia com un netajaparabrisa. Vaig estimar-me més no dirigir-m'hi d'entrada i em vaig asseure al banc del davant. Vaig xiular la melodia d'una cançó que ens tornava boigs a tots dos: «You and I have memories longer than the road that stretch us ahead.» No es va moure ni em va mirar.

El vent va seguir bufant, les branques del arbres van seguir sacsejant-se com braços de gegants, els grills van continuar amb el seu sorollós fregadís d'ales i en Sebastian va continuar sense reaccionar.

Vaig resoldre que ja en tenia prou, que ja n'estava fart, d'aquell tros d'idiota, i que no en volia saber res més. Però abans d'alçar-me del banc, gairebé sense voler, vaig deixar anar una frase: «Sebastian, ets el fantasma més gran que he conegut mai.» El netejaparabrisa de la bota es va aturar, els cercles es van convertir en una torrentada blava de fum. S'havia enfadat? Me'n diria alguna i fugiria cap a una altra banda?

No, en Sebastian no va fugir. En Sebastian va riure. Una d'aquelles rialles escandaloses i entretallades, com de nen petit, una riallada que va ressonar en la nit durant uns segons i que després el vent es va endur en direcció a Haifa o més enllà.

«No t'ho esperaves, eh? M'he fixat en la teva cara quan he saltat, Louis. I t'has quedat de pedra!», em va dir venint a seure al meu costat. S'havia transformat en un instant. Ara estava eufòric, i parlava i reia alhora mentre el vent li esbullava els cabells. «És clar que m'he quedat de pedra. Sabia que eres un beneit, però no fins aquest punt!», vaig replicar propulsat pel seu bon humor. «I com sabies que hi havia prou profunditat?», li vaig preguntar. «No ho sabia, però ho intuïa, ha, ha, ha, ha.» No podia parar de riure i al final les seves rialles se'm van encomamar i ja vam ser dos beneits petant-nos de riure a dos quarts d'una de la nit en una placeta solitària del kibbutz. «My intuition», repetíem a cor, «my intuition». Vam caure del banc, ens vam tirar a la gespa, el riure ens provocava mal de panxa.

Tot d'una el vent va dur una veu que no enteníem, en hebreu. Era una veu forta, autoritària, policial. En Sebastian i jo vam reptar per l'herba com dos soldats i ens vam amagar rere uns matolls. Va aparèixer un jueu. El coneixíem: treballava als camps, portava un tractor com si portés un tanc. Era molt cepat, feia una amplada d'un armari de tres portes, tenia una cara de pa de quilo i gastava molta mala bava. Portava un pijama amb dibuixos de pomes i peres. Veure aquell animal amb aquell pijama fruiter ens va fer tornar a petar de riure a en Sebastian i a mi i ens vam haver de tapar la boca amb les dues mans per ofegar les rialles. Va anar d'un pèl que el jueu cepat no ens descobrís, perquè va fer dues passes cap endavant en direcció nostra i, forçant la vista, va clavar la mirada en les mates que ens amagaven. No devia detectar-nos perquè va girar cua i va marxar per on havia vingut, caminant feixugament amb el seu pijama fruiter.

En Sebastian i jo vam bufar alleugerits en veure desaparèixer aquell policia ocasional i ens vam estirar d'esquena a terra. Els núvols seguien corrent pel cel accelerat, i a vegades tapaven la mitja lluna i a vegades la deixaven al descobert, i quan la vèiem brillava com un diamant en un estoig negre. Si abans la nit era feréstega, ara era magnètica. Els mil reflexos de la blancor lunar inundaven la terra; cada bri d'herba, cada fulla d'arbre fulgurava al ritme d'aquell vent desfermat. Vivíem un d'aquells moments únics en què la vida no sembla barroera i insignificant sinó subtil i a punt d'esclatar en mil revelacions.

Vam repassar la jornada que havíem viscut i, d'entrada, em vaig excusar per l'incident de l'autocar. Ell, mentint, va dir que no s'havia pas enfadat i va comentar que era normal que volgués estar amb els meus amics catalans. No vam parlar del motiu de la discussió de la nit passada. Era tema tabú, sobrevolava per damunt nostre però cap dels dos no el va fer baixar per no espatllar aquella reconciliació tan agradable.

Al cap d'una estona, i parlant ja de l'incident de la gorga, en Sebastian em va afalagar dient-me que si jo no hagués estat allà, observant-ho tot, ell no hauria saltat des d'aquella altura, per més provocacions que hagués rebut de l'imbècil d'en Marko. Però jo era allà, i li va fer gràcia mostrar-me de què era capaç. Havia estat una ximpleria, d'acord, una imprudència, però ell era així. El cap del kibbutz, aquell vespre, l'havia renyat seriosament i li havia dit que si no mostrava més maduresa no hi hauria cap mena de futur per a ell a Israel; ja es podria anar oblidant del permís de residència permanent. En Sebastian havia acotat el cap i s'havia mostrat penedit i disposat a rectificar. No era una escena que li agradés de representar perquè tenia el seu orgull, però el que no faria era espatllar-ho tot per un excés de vanitat. A més, em va confessar que no volia tornar a casa amb la cua entre cames. A Àustria, els seus oncles, just abans d'embarcar cap a Israel, li havien pronosticat que no duraria ni un mes en aquell país ple de terroristes. Però en Sebastian ja feia un any que hi era i, com a revenja, cada mes, en la carta que escrivia als seus parents, hi afegia, com a postdata, aquestes paraules: «Sebastian, un altre mes, resistint sense problemes.»

Ara, passats els anys, el seu somni de convertir-se en aviador d'Israel el veig una mica (o força) ridícul, propi d'un adolescent que encara no tocava de peus a terra, però llavors, quan l'escoltava en plena nit, no m'ho semblava pas. En parlava amb tanta seguretat i dominava tant el tema que ho veia com un projecte ben raonable, l'objectiu d'un home ambiciós. I jo, que no tenia cap projecte de futur ni res més a l'horitzó que un últim curs d'una carrera que ja em penedia d'haver fet, admirava en Sebastian pel seu coratge i per la seva determinació. Hi havia mil dificultats burocràtiques, mil impediments que s'havien de superar, però ell no s'immutava, estava convençut que se'n sortiria. Com a mínim ho va estar fins aquella nit fatídica. «No tinc pressa. Sóc jove, tinc temps. Esperaré el que faci falta», em deia amb la veu esquerdada i les parpelles mig caigudes. «Tu, Sebastian, tens força de voluntat», li deia jo, perquè ho pensava i perquè sabia que se sentiria afalagat, «si jo en tingués només la meitat que tu, ja faria». «La força de voluntat no és res», em contestava, «només fa falta que estiguis sonat per alguna cosa, per més absurda que sigui, i ve sola. Si no m'hagués agafat la dèria dels avions, ara estaria fet un pòtol universitari, o un vagabund pels carrers de Viena». Jo li contestava que no me'l creia, perquè ell sempre seria un home d'acció. «Maybe», feia ell. «Who knows?», feia jo. «The future is in the air», feia ell. «Love is in the air», feia jo. «I know, I know», rematava ell. Ens entusiasmaven aquesta mena de diàlegs curts, com més estúpids millor.

Una hora més tard, quan tornàvem cap als barracons, es va posar seriós de cop i, amb gest d'introduir un tema transcendental, em va dir que tenia moltes ganes d'anar a Haifa a veure una pel·lícula. Em va assegurar que tenia calés perquè no només havia rebut l'assignació de l'agost (dels oncles vienesos) sinó que encara li quedava alguna cosa de la del juliol. «What about tomorrow?», em va preguntar. «Why not?», vaig repondre. «OK», va fer ell. «Fine», vaig fer jo. «Which movie?», vaig afegir. «Top Gun», va respondre. I aquí es va acabar el diàleg de ping-pong perquè li vaig assegurar, remarcant bé les paraules, que jo no aniria a veure *Top Gun* ni boig. No pensava gastarme els pocs calés que tenia (el minisou del kibbutz era testimonial), i que racionava hàbilment al llarg de tot l'estiu, en un videoclip d'en Tom Cruise; per tant, que se'n busqués un altre per anar al cine. En Sebastian em va intentar convèncer adduint que, encara que potser no era una gran pel·lícula, hi havia molts aspectes interessants al seu favor: escenes espectaculars dels nous models d'avió de l'exèrcit USA, la història d'una amistat entre dos pilots, la presència de la Kelly McGillis fent d'instructora de vol («it's crazy, a woman!», va comentar de passada)... Vaig replicar dient-li que a mi els avions no em deien gran cosa, que l'amistat dels dos pilots segur que es resoldria amb la mort del secundari i que la Kelly McGillis, en canvi, sí, era un punt a favor, però que no, no n'hi havia prou amb ella. En Sebastian no va defallir i va tornar a la càrrega oferint-me el pagament del trajecte d'autobús a Haifa, anada i tornada, i de mitja entrada del cine. «Senyor, aquesta és la millor oferta que li puc fer», em va dir somrient com un venedor de cotxes de segona mà. El vent, en aquells moments, ja s'havia convertit en un airet inofensiu: les branques dels arbres no feien karate, els núvols ja no es perseguien pel cel i els grills, sota terra, havien decidit abaixar el volum dels seus ric-rics. Nosaltres havíem arribat a l'altura dels barracons. Vam seure un moment al porxo, agafats a la barana. Les atzavares seguien allà davant, immòbils amb el seu perfil de monstre. *Top Gun*? Ni boig, vaig tornar-li a dir.

I l'hi vaig dir per tercera vegada l'endemà, en broma, quan ja érem davant del cine de Haifa fent cua davant la taquilla. M'havia deixat convèncer sense gaire esforç. Érem amics, i això era el que comptava. Era agradable fer alguna cosa per un amic. A més, si ell s'havia llançat des de quatre metres cap a una bassa de fondària desconeguda, el mínim que podia fer jo era acompanyar-lo al cinema a veure una pel·lícula demencial.

Perquè era demencial i, per acabar-ho d'adobar, no en vaig entendre ni un diàleg. L'anglès de xiclet dels protagonistes era incomprensible i els subtítols en hebreu, encara que molt decoratius, eren com jeroglífics egipcis. En Sebastian, torçant el coll com una girafa, em feia resumets de l'argument cada tres o quatre minuts i sempre acabava dient «it's crazy» com a comentari general. Ell era un expert en la matèria i hi detectava errors a dotzenes. Però va ser sensacional: vam saltar de les butaques com criatures, vam emprenyar els veïns de sessió amb les nostres rialles, vam celebrar les aparicions sinuoses de la Kelly McGillis amb xiulets i vam menjar crispetes com si no haguéssim menjat res en una setmana. Total, que vam sortir del cine com si ens haguéssim pres un tub sencer d'aspirines efervescents.

Per desgràcia, a l'hora de sopar, va sortir el tema de la nostra incursió cinematogràfica a Haifa. Si en Marko no hagués segut en aquella taula no hauria passat res. Però hi seia, amb cua de cavall i cara de porro acabat de fumar. Parlava, interrogava, dominava el grup. Hi havia set o vuit caps entre ell i nosaltres. En Sebastian, encara excitat per la visió del film, insistia a recordar-me alguns passatges de la pel·lícula mentre es balancejava a la cadira. Jo intentava canviar de tema, parlar-li de qualsevol cosa perquè m'avergonyia haver anat a veure aquella pel·lícula i, a més, veia que aquell era un flanc per on el meu amic podia ser atacat fàcilment. Però en Sebastian, per a desesperació meva, sempre tornava a *Top Gun*: que si aquella escena en què en Tom Cruise havia fet tal cosa o tal altra, que si aquell avió havia fet un tirabuixó en ple descens... Cada vegada alçava més la veu, feia gestos més ampul·losos i es balancejava més a la cadira. No hi havia manera de fer-li desviar la conversa. Com a últim recurs, vaig mig girar-me d'esquena a ell i vaig iniciar una conversa sense substància amb una danesa que es deia Karin o Ingrid o jo què sé.

Però en Sebastian no parava: em posava la mà a l'espatlla, treia el seu caparràs per darrere el meu clatell i seguia incombustible. El vi regava la seva eufòria mentre a mi la tensió creixent em crispava els nervis. No s'adonava que aquella pel·lícula ens feia vulnerables? No s'adonava que en Marko i la seva banda es burlarien de nosaltres (es burlarien d'ell, perquè jo era un simple acompanyant) per haver anat a veure aquella pel·lícula? No veia que aquell divertiment privat havia de quedar entre nosaltres i no sortir a l'exterior? No, en Sebastian no ho veia i jo assistia amb desesper a les seves incontenibles ganes de recrear els millors moments de *Top Gun*. Finalment, en Marko va mig somriure i, dirigint-se a en Sebastian, li va preguntar: «Així, heu anat a veure una pel·lícula aquesta tarda?» I en Sebastian, ingenu com poques vegades, va contestar que sí.

No tinc ganes de recordar aquella escena, aquell desastre. En Marko estava begut, els ulls li brillaven, tenia cara de buscar brega. En Sebastian també estava begut, però això, en comptes d'incrementar-li el cinisme o l'astúcia, li feia baixar totes les defenses i es comportava com un alegre beneit. En Marko el va acorralar amb preguntes insidioses: «Així, tu ets un militarista?»; «és possible que, en aquest segle, encara hi hagi algú que cregui en els exèrcits?»; «i et sembla bé voler formar part d'un exèrcit que bombardeja camps de refugiats?»; «això no et crea cap problema de consciència?», «o no en tens, de consciència?»; «a casa teva no et van explicar res de la Segona Guerra Mundial?»; «a tu segur que t'hauria agradat ser un dels nois de la Lufbaffe, oi?»; «no has pensat mai en la gent que hi ha a baix i que rep les bombes que els envieu vosaltres, els aprenents de Baró Roig»; «no dius res?, què passa?, només tens el cap per pentinar-te'l?».

No, en Sebastian no deia res, se'l mirava fixament, amb ulls incrèduls, incapaç de respondre totes aquelles preguntes malintencionades. Per a ell tot era molt més senzill (o això creia jo llavors): ell volia volar, a Àustria era impossible; a Israel, en canvi, tenia una possibilitat i, a més, hi havia acció.

Segur que si hagués estat sobri, en Sebastian hauria estat capaç de replicar amb poca o molta convicció, però, begut com anava, només va ser capaç de dir, girant-se cap a mi, «this guy is crazy». En Marko no va deixar passar aquell comentari i li va etzibar una frase que no hauria hagut de dir mai: «M'agradaria conèixer la teva família. Segur que això ho explicaria tot.»

En Sebastian va agafar el seu got, que tenia mig ple de vi negre, i quan semblava que se l'anava a beure, el va llançar contra en Marko. Després es va alçar i se'n va anar. Jo el vaig seguir.

9

Durant tots els anys que han vingut després d'aquell estiu, no són pas poques les vegades que he somniat amb el kibbutz. Els primers temps, l'impacte era tan recent que hi tornava nit rere nit, fins el punt que tenia por d'adormir-me perquè sabia que, en pocs minuts, em traslladaria de nou allà amb *ell*; després, amb el pas dels anys, els somnis es van anar espaiant, però no van desaparèixer mai. En el moment més imprevist, després de mesos i mesos lluny del kibbutz, just quan creia que la meva vida ja era tota una altra i que aquell estiu havia quedat enterrat definitivament... llavors, de sobte, reapareixien aquells caminets i aquelles nits, amb la mateixa força, tan presents com si encara visqués en aquells barracons, al costat d'aquelles atzavares.

Tots aquests somnis formen la meva segona visita a Israel; i a hores d'ara, aquesta segona estada al kibbutz potser ja és tan llarga com la primera, o més. Són somnis –o més ben dit, malsons– estranys, perversos, i quan em desperto em sento malalt i neguitós. No contenen mai ni un sol instant feliç.

En aquests somnis, en Sebastian i jo ja no som dos voluntaris sinó dos delinqüents, o més ben dit, dos criminals, i ens amaguem a les boscúries dels kibbutz, que són molt més espesses del que eren en realitat: la vegetació ens ofega, ens escanya. Vivim dels animals que cacem (conills, rates, fures...) en trampes que en Sebastian ha preparat, i ens els mengem crus, encara que ens faci fàstig (a mi, no a ell), perquè si encenem fogueres ens descobriran. Dormim en una cova, amb un ull obert, i quan sentim passos o veiem en les parets cantelludes els reflexos de les torxes dels nostres perseguidors, fugim cap a l'interior, on hi ha tota una xarxa de túnels pudents i humits; llavors, durant dies, fem vida subterrània. A vegades, quan pugem de nit a la superfície, entrem en els barracons, que són buits (fa molt temps que no vénen voluntaris) i encara més degradats (parets inflades per la humitat, rajoles arrencades, fusta podrida...) i n'agafem el que ens pot ser útil: mantes, raspalls de dents, coixins, calaixos, potes d'un llit... No és gens estrany que tot d'una, a camp obert, ens rodegi la policia amb armes; en Jakob, rejovenit i musculat com un culturista, porta una pistola i ens ordena que ens rendim; nosaltres alcem les mans; els policies se'ns acosten amb les manilles; però quan jo ja penso, mig alleugerit, que la presó serà més suportable que aquesta horrible vida clandestina, llavors... en Sebastian agafa embranzida i es posa a volar; jo el segueixo, és clar, i per damunt dels eucaliptus esquivem els trets i després tornem a endinsar-nos en l'exagerada espessor de la boscúria. En Sebastian, en aquests somnis, té la cara negra, ferotge, i en fa dos del que jo coneixia de tan gruixut com s'ha fet; té les dents molt brutes i els cabells ja no li ballen davant del front, sinó que són com filferros. Ja no riu. És una pura força de la naturalesa. Gairebé no diu mai res; les indicacions que em dóna són curtes, una mena de crits guturals que només jo entenc. No som feliços, però tampoc gaire desgraciats. Ens hem acostumat a la vida que portem, sempre a l'aguait.

Ahir mateix vaig tornar a tenir un somni d'aquests. No m'ha sorprès. L'he esperat amb temor tots aquests dies, des que vaig veure en Sebastian a la tele. I sabia, a més, que escriure aquestes pàgines era empenye'l a sortir, allà on fos, com un animal que surt del cau quan ha ensumat la seva víctima.

El somni seguia, com sempre, el mateix esquema dels altres. La caça no abundava, les trampes no donaven fruit i, com que estàvem molt afamats, en Sebastian decidia anar a robar a la cuina del kibbutz. Hem sortit del nostre amagatall quan ja era ben fosc i, aprofitant que tots eren al menjador mirant una pel·lícula, ens hem infiltrat a la cuina. Hi havia un noiet netejant el terra, un adolescent primet que escoltava música amb auriculars i seguia la tonada amb el cos. En Sebastian, que sempre sol matar algú, ha agafat un ganivet i l'hi ha enfonsat per l'esquena. Després ens hem afanyat a arreplegar menjar, però només hi hem trobat ous, una infinitat d'ous. N'hem embolicat tres dotzenes en un farcell i després, arrossegant-nos per terra, hem sortit de la cuina per la porta del darrere. A fora hi havia més gent, celebrant alguna cosa, bevent, rient, però estaven d'esquena a nosaltres i hem aconseguit esquitllar-nos fins a les mates. A la tornada ens hem esgarrinxat amb les bardisses (els braços i les cames ens han quedat plens de sang), però hem arribat a la cova sense més problemes. Allà, quan ens disposàvem a menjar-los, els ous s'han començat a esquerdar. N'ha sortit un exèrcit de pollets que han fugit en totes direccions. No n'hem pogut agafar ni un. En Sebastian s'ha posat furiós i ha començat a clavar cops de puny a les parets de la cova.

Però aquest kibbutz no és el real ni aquest Sebastian és l'autèntic, tot és una deformació horrible (que endevino prou bé d'on ha sortit). Però, com era realment en Sebastian? Tot se'm barreja, realitat i somni, que es creuen formant un teixit gairebé inseparable. Noto que, com més arribem al final de l'agost, més perdo el meu amic. Sé molt bé qui era al començament, però es converteix en un desconegut, en una ombra quan penso en l'últim tram de l'estiu.

Però el cert és que, a la segona quinzena d'agost, després de les acusacions d'en Marko, en Sebastian ja no va ser el mateix d'abans. Si durant tot el juliol i els primers dies d'agost s'havia deixat anar, era juganer i alegre, després es va tornar a replegar en ell mateix, es va situar (en part, perquè a vegades tot era com abans) a la defensiva, desconfiat i tens. El món contra en Sebastian. I jo suposava que es devia sentir com de petit a l'escola, quan no es feia amb ningú i es barallava amb tots els companys a la més mínima provocació. Però ara em tenia mi, fidel al seu costat, repetint per exemple, la mateixa nit del got de vi a la cara, que sí, que en Marko era el més gran fill de puta que havíem conegut mai.

Gairebé d'una manera natural, empesos amb suavitat pels esdeveniments, ens vam convertir en sabotejadors. En Sebastian, mig jugant, mig rient, alternant mirades de bon nen amb mirades de malvat, barrinava la manera de venjar-se d'aquell alemany que l'havia insultat i desarmat en públic.

Una nit, quan ens vam trobar a la vora de la piscina, em va dir que l'acompanyés perquè em volia ensenyar una cosa. Vam seguir el caminet que baixava en ziga-zaga fins a la vora de la cabana. La nit era molt fosca, sense lluna ni estrelles, però en Sebastian va treure una lot d'una de les seves múltiples butxaquetes. Ens vam agenollar al costat d'uns matolls i va dirigir la llum de la llanterna dos metres enllà. Sota un arbre, mig amagat per fanals d'herba, hi havia un animalet mort, una rata segurament, esventrada, sense ulls i amb la sang ben seca. «It's disgusting!», vaig comentar. «Ya», va respondre i després va esclatar en una de les seves rialles. Es va treure una bossa de plàstic d'una altra butxaqueta. «Què vols fer?», li vaig preguntar. No em va respondre. Amb l'ajuda d'un pal, va anar empenyent la rata cap a dins la bossa. «No posis aquesta cara, Louis, només és una broma.» Me'l vaig creure o, com a mínim, me'l vaig voler creure. Va apagar la lot i, com dos furtius, vam seguir el camí de pujada cap als barracons. Vam sentir veus a la nostra dreta. En una placeta, el grup italobarceloní, ajagut a la gespa, bevia i s'emporrava. En aquells moments gairebé els vaig tenir enveja, vaig desitjar ser un d'ells, viatjant pel setè cel i parlant com un pòtol místic. No m'agradava el que estàvem a punt de fer. No vaig oposar-m'hi, però, perquè en Sebastian era el meu amic i perquè, en definitiva, ell m'havia assegurat que només es tractava d'un joc.

Vam caminar mig ajupits pel porxo dels barracons. La fusta grinyolava sota els nostres peus. No sé quina hora devia ser, potser la una o quarts de dues. La nit era molt xafogosa, costava de respirar. Vam arribar davant del barracó d'en Marko. La finestra del quarto de bany era oberta. En Sebastian va fer girar la bossa com una fona i la va llançar a l'interior. Quan va caure a terra, va fer un soroll més fort de l'esperat, un plaf que ens va sobresaltar. Algú va remugar. Vam córrer a amagar-nos darrere el revolt d'un caminet. En Sebastian respirava agitadament, com si hagués fet un esforç descomunal. Els ulls li brillaven, estava extasiat. Aquella gamberrada era més pròpia de canalla, però jo el vaig disculpar pensant que, com que ell havia tingut una infantesa retinguda, esquerpa i molt responsabilitzada (per la malaltia de la seva mare), ara, d'alguna manera, recuperava el temps perdut. A més, jo era allà i això li redoblava l'audàcia. «Una rata per a una rata», va comentar, amb un posat cínic una mica postís, quan ens vam allunyar dels barracons. Recordo que llavors vaig creure que aquell acte no tindria cap conseqüència. En Sebastian era poderós, era astut, controlava la situació i, per tant, podria redreçar-la quan convingués.

Però l'endemà, quan els fets de la nit passada em semblaven tan insubstancials com un somni mig oblidat, van aparèixer les conseqüències. Érem una altra vegada als camps, de melons ara, i ens els passàvem en cadena com si fossin pilotes de rugbi fins a col·locar-los en el remolc del tractor. Era un dia núvol, molt estrany, perquè gairebé no en recordàvem cap de tan gris des del començament de l'estiu. L'Edgar Paul, que també era per allà, va informar a tothom que havien trobat una rata morta al quarto de bany del seu barracó (el compartia amb en Marko). Els danesos i les danenes, que encara xisclaven quan veien un escarabat, van obrir una boca de pam i se'ls van eriçar els cabells («però què passa aquí? Això és el Tercer Món!»); els catalans comarcals van fer cara de fàstic i van comentar que ells, a les rieres dels seus pobles, n'havien vist passar moltes, de rates, barrejades amb la merda de les fàbriques; els italobarcelonins, amb ulleres fosques, van aprofitar el desconcert general per llançar melons podrits contra els altres; el capatàs, dalt del remolc, va ordenar que tornéssim a la feina.

Llavors l'Edgar Paul, netejant-se les ulleres amb el mocador, se'm va acostar, com per casualitat, per preguntar-me si jo en sabia res. La seva mirada de miop era inexpressiva, però el to de veu era exigent, com el d'un policia que interroga un detingut. «No en tinc ni idea», vaig respondre-li fent veure que estava relaxat però remarcant massa les paraules. «Segur?», va insistir i es va posar les ulleres i em va mirar fixament, esperant que em delatés. Era lleig i llefiscós. Vaig arronsar les espatlles i vaig girar cua. Quan era dos metres enllà, l'Edgar Paul va repetir més alt: «segur?». En aquell moment, l'odi que li tenia va sorgir en forma d'una frase inesperada (qui sap: potser en Sebastian, des de l'interior de la fàbrica, em va enviar el seu influx); sense girar-me, vaig remugar en veu baixa: «Deixa'm en pau, fill de puta alemany.» Em va sentir i va cridar en veu alta el que li havia dit. Tots els del camp em van mirar de dalt a baix com si m'hagués transformat en un monstre horrible. Vam estar dues hores més en aquell camp de melons i la vergonya que vaig passar només era comparable a l'odi que sentia.

Aquella reacció meva, desproporcionada de tan agressiva, va ser interpretada –no podia ser d'altra manera– com un reconeixement de culpabilitat. A més, els italobarcelonins, per treure's les sospites del damunt, van assegurar que ens havien vist aquella nit, a en Sebastian i a mi, pujant cap als barracons amb una bossa de plàstic. El meu amic i jo, doncs, vam ser assenyalats amb el dit, acusats i, de manera fulminant, apartats del grup. De cop i volta, vam passar a ser uns empestats, uns leprosos. De fet ja no fèiem gaire vida social abans, però si estàvem sols era perquè volíem; ara, perquè no teníem altre remei.

Els danesos, tan polits i endreçats, arrufaven el nas quan ens creuàvem amb ells com si féssim pudor de claveguera; els de la Commonwealth, més impertorbables, ens tractaven com si fóssim invisibles; els catalans comarcals afirmaven que no em coneixien de res abans d'Israel i que sempre els havia fet mala peça; la francesa Julie ens observava des de la distància amb la mirada neutra d'una estudiosa dels comportaments delictius; la Mónica, per la seva part, cada vegada més atabalada pels seus propis problemes, es va limitar a dir-me «¿todavía no te has dado cuenta de que a este tío le faltan un par de tornillos?»; i els meus amics...

Els meus amics Jordi i Pau em van a venir a veure a la piscina una tarda, quan, aïllat de tothom, jeia sota l'ombra dels arbres que limitaven la gespa. Se'm van acostar amb el mateix posat transcendent de l'altra vegada, però multiplicat per dos. Jo ja no feia veure que llegia el llibre que tenia a les mans. Es van asseure davant meu i van sacsejar el cap alhora com volent dir «però què hem de fer amb tu?». En Jordi no va perdre el temps: «Ho vau fer vosaltres?» En Pau, més elegant, va matisar: «Vol dir en Sebastian.» Vaig assentir amb el cap, amb un punt d'orgull que em va sorprendre, i després vaig afegir que no tenia tanta importància, que només havia estat una gamberrada, una gamberrada de mal gust, sí, però inofensiva. «Aquest tio està sonat, Lluís, ja t'ho vam dir», va fer en Jordi brandant el seu dit índex a un pam del meu nas. «No, sonat no», va dir en Pau, que exercia de diplomàtic matisador, «però sí una mica desequilibrat. És un xicot solitari, té tot d'idees al cap, i ara se sent perseguit i reacciona malament. No vull dir que sigui paranoic, però sí que...». Ja en tenia prou. «A veure, a veure», vaig saltar amb mal aire, «ni que haguéssim tallat a rodanxes el fill de puta aquest! Si hagués estat una rata viva, encara; però era morta! I tampoc no l'hi vam tirar damunt del llit!», i després, per donarlos més motius de preocupació, vaig fer una rialleta semblant a les del meu amic austríac. En Jordi, amb cara d'haver descobert de cop el perquè de tot plegat, va clavar un cop de colze a les costelles d'en Pau. «Ja riu igual que ell», li va comentar en veu baixa; «li està menjant el coco», hi va afegir; «li està succionant la personalitat. És com l'alien», va acabar. En Pau anava a dir alguna cosa, però no l'hi vaig deixar. N'estava fart, d'ells dos, de la seva perpètua aliança contra en Sebastian, dels seus comentaris idiotes i de les seves reunions d'alt nivell. «Per què no aneu a pasturar a una altra banda?», els vaig etzibar. Es van posar drets, em van contemplar des de dalt uns segons i després, quan en Pau ja es retirava en silenci, en Jordi no es va poder estar de dir una última frase: «Tu sabràs el que fas, però quan tinguis problemes, a nosaltres no ens busquis.» I se'n van anar, amb les tovalloles penjant de l'espatlla, per integrar-se en el gran grup, o més ben dit, per situar-se al costat de la Nicole, amb qui, ho vaig saber després, en Pau estava fent grans progressos, per a desesperació d'en Jordi.

L'endemà o l'altre, en Marko va decidir exposar les seves fotos d'Israel a la cabana. A l'hora de sopar va repartir invitacions a tothom. Bé, a tothom no. Quan va passar per davant de la taula que ocupàvem en Sebastian i jo, en Marko, tan ufanós com sempre de la cua que se li balancejava al clatell, va desviar la mirada d'una manera molt exagerada (perquè tothom ho notés) i es va guardar els paperets a la butxaca. En canvi, a la seva festeta fins i tot hi va convidar el grup italobarceloní («quin tio més enrotllat...», deia un d'ells), perquè quedés clar qui era realment l'escòria del kibbutz. La Mónica, l'única que no ens feia el buit, seia al meu costat i, encara que va agafar la invitació d'en Marko, em va comentar: «Este pollo se cree Dios y no llega ni a monaguillo.»

La festa es va celebrar tres hores més tard, quan ja era negra nit. Des de dalt del caminet, amb els pins baixant esgraonadament fins a la teulada de la cabana, en Sebastian i jo en vèiem les finestres il·luminades pels fanals taronges, sentíem la música dels Stranglers a tot volum i menyspreàvem l'alegria general que pujava fins a nosaltres en forma de crits i rialles. Érem els desterrats, els proscrits, els mariners que uns pirates malvats havien abandonat en un illot del Carib. Si haguéssim estat millors, hauríem intentat fer les paus amb en Marko; però aquesta idea ni tan sols ens va passar pel cap.

«T'imagines que un avió qualsevol, mig despistat, passés ara per aquí i per error disparés un míssil. I que aquest míssil, per casualitat, anés a impactar en aquesta cabana», va comentar en Sebastian. Vaig riure com un beneit, el riure que en Sebastian m'havia encomanat.

Vam allunyar-nos de la cabana, esperant que el míssil fes la seva feina. Vam pujar fins als barracons i vam seure en el banc que feia poc havien col·locat al porxo. La nit era quieta, calenta, i tenia un no sé què de malalta. En Sebastian va penjar les seves cames llarguíssimes a la barana de fusta. Me'l vaig mirar. Feia mala cara, estava més blanc que mai, les parpelles se li desplomaven damunt dels ulls. Li vaig preguntar si li costava dormir. No em va contestar, però em va dir que hi havia moments que sentia la necessitat de fer alguna cosa, qualsevol cosa, una bestiesa, un acte exhibicionista, un «beau geste», una atrocitat, però alguna cosa, perquè si no era com si et passessis la vida flotant, sense viure, només flotant. «Què vols dir?» «Doncs que, si no fas alguna cosa, és com si estiguessis dintre d'un núvol o d'una campana de vidre, flotant en el seu interior, i és com si ja estiguessis mort; o pitjor, perquè no pares de pensar que la vida és una altra cosa i que el temps passa i que tot se t'escapa de les mans... No sé com explicar-t'ho millor. No t'has sentit mai així? Aquest flotar, aquesta asfíxia. Doncs avui m'hi sento. Últimament gairebé sempre em sento així. Entens què vull dir?» «Una mica», li vaig contestar.

Hi havia roba estesa sobre els nostres caps, i més amunt, fils d'electricitat, i més enllà, una negror puntejada per algunes estrelles tremoladisses. En Sebastian es va treure un cigarret d'una butxaqueta i se'l va posar als llavis. Després va encendre un misto i el va aplicar, no a la cigarreta, sinó a l'extrem d'una peça de roba que penjava gairebé davant dels nostres ulls. Era una camiseta de franges blanques i blaves, era una camiseta d'en Marko. La flama va començar a fumejar la roba, a ennegrir-la, a devorar-la. En Sebastian la va arrencar del fil i la va llançar a terra. Les flames es van multiplicar i la camiseta es va contreure com un animal. Llavors, amb un retard que no m'explico, vaig baixar del porxo i, saltant damunt la camiseta, vaig apagar-ne les poques flames que l'acabaven de consumir. «Però què has fet, Sebastian?», li vaig preguntar. El meu amic, llavors, es va posar dret d'un bot, va saltar damunt la barana amb un gest poderós, va amagar les restes cendroses de la camiseta entre les atzavares i va dir-me: «How do you feel now, Louis?» «Fine!», vaig respondre, potser perquè era veritat, o potser per estar a l'altura de la seva energia. En Sebastian va riure i tot ell es va sacsejar mentre reia; després vam fugir, corrent mig ajupits, en direcció a les boscúries més profundes del kibbutz.

10

Vaig passar tota la nit en blanc, incapaç d'oblidar-me d'aquella camiseta cremada. Veia la flama que s'acostava a la màniga i veia la cara mig il·luminada d'en Sebastian, indiferent, o més ben dit, simulant indiferència; en realitat, picant-me l'ullet (veus el que sóc capaç de fer?); i jo sense reaccionar, fascinat i esborronat alhora per aquell sabotatge desmesurat.

Havia estat un acte absurd, però no es quedaria en una anècdota, portaria conseqüències, unes conseqüències que el meu amic no controlaria. Perquè en Sebastian semblava poderós, però era fràgil; aparentava ser valent, però no passava de temerari. La mala maror entre ell i en Marko es faria insuportable, i en Sebastian tindria les de perdre. En Marko era un triomfador; d'aquí a cinc anys ja no duria texans estripats ni sandàlies gastades sinó roba de marca i faria exposicions de fotos de pobres a les sales més elegants de Munic o Stuttgart; en canvi, en Sebastian, d'aquí a cinc anys, no seria ningú, hauria fracassat en el seu intent de ser un pilot i, a Viena, s'esllanguiria en una feina que li hauria buscat el seu oncle. Tot això ho podia veure tan clar com si estigués escrit en lletres de pam.

Em sentia com si m'haguessin tancat en una gàbia amb dos tigres, obligat a ensumar la seva ferum i a contemplar les seves batusses, i sabent que tard o d'hora en rebria una urpada. Volia fugir. Per què m'havia emmerdat en tot allò? Jo no havia vingut a Israel per tenir preocupacions sinó justament per alliberar-me'n. Les meves úniques pretensions eren veure els llocs famosos, practicar l'anglès i, si hi havia sort, follar amb estrangeres. Odiava en Sebastian. Què em passava?, què m'estava fent aquell beneit? Jo era sociable. No feia per a mi ser esquerp amb la gent, mal vist per tothom, odiat, foragitat, bandejat. En què m'havia convertit al costat d'aquell estruç, per influència seva? Sí, odiava en Sebastian, i desitjava que aquella mateixa nit vingués la policia amb una ordre d'extradició, se l'endugués per la força i el facturés en un avió cap a Viena. Així no l'hauria de veure mai més i podria oblidar-me d'ell i d'aquella suposada amistat que ja no sabia ben bé en què consistia.

De sobte, quan vaig obrir els ulls després d'un altre intent fracassat de dormir, va resultar que ja s'havia fet de dia. Una llum blanca, descolorida, morta, entrava a l'habitació. Començava un altre dia al kibbutz, un altre dia al costat d'en Sebastian, esperant les inevitables conseqüències.

Llavors es va sentir el grinyol d'una porta. Em vaig incorporar i, a través de la reixa bruta de la mosquitera, vaig espiar què passava. Eren tres danesos, dos nois i una noia, equipats per fer turisme aprofitant que era dissabte. En aquella hora no hi havia cap bus; per tant, devien tenir un cotxe de lloguer a l'aparcament del kibbutz. Em vaig rentar la cara, em vaig vestir en cinc segons, vaig agafar la cartera i vaig sortir a fora. La meva porta també va grinyolar. En aquells moments vaig pensar que potser hauria de dir alguna cosa a en Pau i a en Jordi, que dormien a l'habitació gran del barracó. Ho vaig deixar córrer.

Vaig sorprendre els danesos per darrere, trencant el silenci glaçat d'aquella hora amb passes ràpides damunt la grava. Es van girar espantats. Eren alts i molsuts, d'espatlles amples i pell rosada. No van rebre la meva presència amb gaire simpatia. Els vaig preguntar si els faria res dur-me a Haifa. Com que eren educats, no em van poder dir que no.

Al cotxe vaig intentar que tinguessin una opinió més favorable de mi perquè no volia que em deixessin a Haifa, volia anar més lluny. Vaig començar negant, com un Judes qualsevol, la meva amistat amb en Sebastian, tres, quatre, cinc vegades, explicant que en realitat no érem amics sinó que havia freqüentat la seva companyia perquè em feia pena de veure'l tan solitari; però que ara havia anat veient com era i ja no el podia suportar més; havia intentat que es tornés més normal, més sociable, però era impossible, i jo ja n'estava fart; per això tenia ganes de passar el dia fora, com més lluny millor.

«Nosaltres anem a Jerusalem», em van dir després d'haver-me escoltat amb més sorpresa que interès. «Si no us fa res, vindré amb vosaltres. Em deixeu allà, i ja no us molestaré més.» Hi van estar d'acord, i després, segurament per evitar haver de sentir més confessions inoportunes, van posar una cinta de Spandau Ballet. El viatge, doncs, va transcórrer a base de teclats enllaunats, melodies pobres i la veu engolada del cantant; a més, hi havia, a ràfegues, un fons de converses en danès. Jo, de seguida, em vaig mig girar d'esquena als escandinaus i em vaig dedicar a veure passar el paisatge. El sol s'enlairava, les ombres dels eucaliptus creuaven la carretera, els jeeps militars anaven i venien; i jo pensava en el kibbutz, en Marko, en Sebastian i en aquella camiseta cendrosa que, entaforada enmig de les atzavares, encara guardava una mostra d'aquelles ratlles blanques i blaves.

A l'estació central d'autobusos de Jerusalem, els vaig donar les gràcies i vaig baixar del cotxe. La danesa ja tenia les galtes ben vermellones i els dos danesos, amb la seva mitja cabellera de perruqueria, semblaven ben bé dos teclistes de grup tecno. Eren tan tendres que els vaig recomanar que evitessin tant la part oriental palestina com el barri dels hassidim, els sinistres jueus de barrets negres i patilles infinites. Em van agrair la informació amb un somriure i van desaparèixer carrer avall.

Aquell dia vaig deambular pertot arreu i per enlloc. No recordo les voltes que vaig fer en aquell autocar, enfonsat en el meu seient, rodejat de turistes amb bermudes que, de tant en tant, es devien preguntar qui era aquell individu depressiu que ni feia fotos ni consultava guies d'Israel. Sí que recordo que tornant del Nègueb i després de la visita ritual al Mar Mort vam anar a parar a Massada, la muntanya fortificada on els jueus van resistir els romans durant tres anys. Aquesta vegada no vaig pujar-hi, ja ho havia vist tot. Em vaig quedar al peu del funicular, a l'ombra, esperant el primer autocar que em pogués tornar a Jerusalem. Semblava que fes mil anys, o tres estius, que havíem pujat a Massada, i només feia un mes escàs.

Ens havíem entaforat en un cotxe en Jordi, en Pau, la Mónica, en Sebastian i jo. No els vaig haver de convèncer de la presència del meu nou amic; quan va ser l'hora de marxar em vaig presentar amb ell i no van tenir més remei que acceptar-lo. A més, en Sebastian ens va regalar a tots una gorra Firestone (d'on les havia tret?); i amb això, dues bosses de patates, una ampolla de Pepsi de litre i un petit carregament de préssecs els va persuadir que, per la seva còrpora superior, havia de seure al davant d'aquell Fiat escàs. Els altres, subornats per les provisions, es van resignar de bon grat a la seva presència. El viatge va ser molt tranquil. En Pau conduïa amb la seva fiabilitat habitual; en Jordi es descordava la camisa per exhibir els quatre pèls del pit («tú, Chordi, vas a terminar con una gabardina en la puerta de los colegios»); la Mónica, comentaris a part, escrivia postals a tota la seva parentela («que et marejaràs», li dèiem; i sí, al cap de mitja hora ja vam haver de parar perquè li toqués l'aire); i mentrestant en Sebastian, amb el cap a punt d'esbotzar la capota del cotxe, es dedicava a fer frases suposadament afalagadores cap als seus amfitrions («you, catalan, are small but intelligent»).

Aquell dia, Massada no va ser una muntanyota qualsevol a peu d'autocar sinó una experiència única. La Mónica, durant la part final del viatge, ens n'havia explicat la història (amb traducció simultània per a en Sebastian, com una guia professional; i vam quedar tan meravellats de la seva capacitat que li vam adjudicar un préssec extra). Per tant, no vam arribar a Massada com uns ignorants en la matèria, com tantes altres vegades, sinó perfectament documentats. Per això quan vam contemplar el mític massís quadrat, ens vam quedar en silenci. Allò era imponent i era autèntic: no hi havia impostura ni reconstrucció. Aquelles parets verticals havien assistit al setge dels romans, aquella rampa havia vist com ascendien finalment cap al cim per trobar-hi, en els palaus i en les sinagogues, en els banys i en les cases, els cadàvers dels jueus que havien mort silenciosament. Allò era pura èpica. En Sebastian i jo ens vam mirar emocionats.

Hi havia un modern funicular per pujar al cim. Però en Jordi va ser categòric: «Aquí s'hi ha de pujar a peu. Això del funicular és una mariconada.» En Sebastian i jo vam estar-hi d'acord, tant per la cosa viril com per l'econòmica perquè la mariconada funicular tenia un preu excessiu. La Mónica i en Pau, més prudents i assenyats (ja eren les deu del matí i el sol picava com un condemnat), van decidir deixar-se d'èpica i comprar un tiquet per al funicular. En Jordi i jo, però, vam començar a burxar en Pau perquè pugés a peu, el vam fustigar, el vam insultar, li vam recordar moments vergonyosos del passat... fins que ell, de sobte, en un instant, va passar de la calma a la fúria més desfermada, amb insults variats i empentes a dojo. Vam aixecar les mans en senyal de rendició, havíem premut massa l'accelerador. En Sebastian va quedar astorat en veure aquella reacció del nostre pacífic xofer. «Everybody is an iceberg», em va comentar a cau d'orella força divertit.

Nosaltres vam començar l'ascensió per un sender recargolat («El camí de la serp») que, en la seva part final, es convertia en uns cent mil esgraons, o això és el que ens va semblar. Vam començar molt animats, un trio molt atlètic patrocinat per la famosa casa Firestone. Abans de la meitat ja bufàvem i suàvem com no havíem suat mai abans ni suaríem mai després. Vam parar cinc minuts per menjar-nos els quatre préssecs que ens quedaven i tot d'una ens vam adonar que, trencant el racionament acordat, ja havíem esgotat les reserves d'aigua. Vam continuar amunt, i el sol cada vegada picava més de ple, de manera que als últims trams ens arrapàvem a la paret de la muntanya com sargantanes per esgarrapar un centímetre d'ombra. Des de dalt, l'enfonsat Mar Mort era la tapa d'una cassola i nosaltres, avançant d'esma pel camí de la serp, érem tres pollastres rostint-nos al forn. Vam arribar a dalt geperuts, amb les cames fent figa, a punt de desmaiar-nos i amb la llengua com un espardenyot, però orgullosos per la gesta, que havia estat a l'alçada del lloc on ens trobàvem. La Mónica i en Pau ens esperaven assegudets en un banc, com si estiguessin a la Plaça Catalunya, i ja ho havien vist tot. Nosaltres, els tres esforçats de la Legió Estrangera (Beau Geste, John Geste i Digby Geste ens havíem batejat a l'inici de l'expedició) volíem urgentment, com va dir en Sebastian, «a fucking bottle of water».

Però a finals d'agost aquella èpica ascensió a Massada ja es trobava a milions d'anys del present, d'aquell present que havia estat provocat per una mesquina cadena de fets insignificants. Vaig pujar a l'autocar, vam arribar a Jerusalem, d'allà a Haifa, i després cap al kibbutz. Durant les llargues hores de trajecte, recordo que vaig pensar que m'havia atabalat massa amb tot allò. De fet, no n'hi havia per tant: unes paraules insultants, un got de vi a la cara, una rata morta, una exclusió a una festa i una camiseta cremada. No era agradable, portava tensió i mal ambient, però tampoc no era tan greu. N'havia fet un gra massa, eren anècdotes corrents en qualsevol campament juvenil. No passaria res més, les aigües tornarien al seu lloc.

Però, quan a les deu del vespre, vaig baixar a la parada del kibbutz, tota aquella serenitat d'esperit que havia construït durant hores d'autocar, ja començava a trontollar. Vaig córrer cap al bar, necessitava veure en Sebastian en una taula, xerrant tranquil·lament amb algú, i en Marko en una altra, els dos enemistats, però en pau. Potser les restes d'aquella camiseta encara eren enterrades en aquelles atzavares i jo podria evitar qualsevol conseqüència simplement llançant-les a un contenidor. Per què no hi havia pensat abans? Ho hauria d'haver fet aquell mateix matí, abans de marxar.

Al bar no hi havia en Sebastian, ni en Marko, només alguns jueus, alguns danesos i, en la taula més apartada, la Commonwealth en ple. La llum dels pàmpols els esgrogueïa les cares. La Julie, a qui havia tocat fer de cambrera, es passejava per les taules recollint els vasos i més enllà, darrere la barra, en Pau els rentava. Vaig notar de seguida que la meva presència provocava xiuxiueigs i mirades de reüll. Havia passat alguna cosa.

En Pau va fer mala cara quan va veure que m'hi acostava. Es va eixugar les mans amb un drap i, com que hi havia la Julie per allà, em va indicar amb un gest que el seguís fins a un lloc més apartat. «Com va tot per aquí?», li vaig preguntar finalment. «On eres?», va dir-me en un to impacient. «He anat a passar el dia a Jerusalem», vaig respondre. Va fer que sí amb el cap i no va afegir res més. Però hi havia un núvol fosc davant els seus ulls i no vaig tenir altre remei que demanar-li què passava. «Mal rotllo per aquí», va dir, «en Sebastian i en Marko s'han barallat. Jo no ho he vist, però ha estat força fotut... Potser serà millor que vagis a veure en Sebastian. Suposo que el trobaràs al seu barracó». Vaig creuar el bar amb tota la calma que vaig poder fingir, però per dins el cor em bategava a cent.

Quan vaig deixar d'estar sota les mirades dels del bar, vaig començar a córrer i no vaig parar fins que no vaig ser als barracons, davant la porta d'en Sebastian. Vaig fer uns trucs ràpids amb els nusos dels dits. «Who is it?», vaig sentir. «Louis», vaig respondre amb veu esquerdada. «Come in.»

Vaig obrir la porta, vaig travessar l'habitació de l'entrada, que era buida, vaig descórrer la cortina de separació i, a la penombra vaig entreveure en Sebastian, que estava ajagut al llit, ben pla i d'esquena a terra, com un boxejador després d'un combat. L'habitació estava desendreçada, amb roba per terra i les botes al mig del pas. Només hi havia encès el llumet trist de la tauleta. Quan vaig fer el gest d'obrir el llum general, en Sebastian em va dir que no. Vaig agafar una cadira i vaig seure al costat del llit. En Sebastian duia un esparadrap molt aparatós en una cella i, quan es va girar cap a mi, també li vaig veure un blau a la galta i un llavi inflat. Em va mirar amb uns ulls molt petits. «I'm not Cassius Clay, Louis», i va fer un esbós de somriure.

Pobre Sebastian. Quan el vaig veure d'aquella manera, macat, adolorit, vençut, em va venir al cap aquella foto que em va ensenyar de quan era petit, amb la seva mare, un dia d'esquí, tots dos tan trencadissos, a punt de ser engolits per la nevada. Pobre Sebastian, amb les cames arronsades, amb una mà blanquíssima sortint com morta per sota el llençol, amb els cabells rinxolats damunt el coixí...

Em va explicar per sobre el que havia passat. Algú, ben d'hora, havia descobert la camiseta cremada; en Sebastian, llavors, sortia del seu barracó i no s'havia pogut estar de fer un comentari sarcàstic. En Marko, que en aquells moments s'afaitava, l'havia sentit i havia sortit al porxo fet una fera. L'havia atacat d'imprevist, per l'esquena, i la cosa havia anat mal parada per al meu amic. «Where were you, Louis?», em va preguntar finalment sense mirar-me, o mirant més enllà de mi, com si jo fos transparent.

No vam parlar gaire, recordo. M'hi vaig estar, això sí, una bona estona, fent-li companyia. Finalment, quan ja eren les onze o més, em va dir que no havia menjat res en tot el dia. Em vaig quedar de pedra i vaig anar corrents al meu barracó a buscar qualsevol cosa.

11

Alguna vegada he imaginat que anem de turisme a Àustria i que, en un poble al peu dels Alps, a la cantonada d'un carrer estret, hi trobo en Sebastian regentant una botiga de lloguer de bicicletes. Ens reconeixem, és clar, però no ens dirigim la paraula: per vergonya, per tot el que ens pesa a la consciència. A l'últim moment, però, quan la meva dona i el nen ja comencen a fer les primeres pedalades, torno a l'interior de la botiga, m'acosto ràpidament a en Sebastian i li dic: «Hi penses encara? No ho facis. Total, era un fill de puta.»

No estic orgullós d'aquests pensaments, sé què signifiquen, però els accepto –o els acceptava– sense encaparrar-m'hi gaire. Els remordiments i la culpa ja tenen la seva part del pastís, la major part, però no estan sols.

Tornem al kibbutz, a finals d'agost. La calor no minvava, el menjar era el mateix (ous i pa de motlle, blat de moro i tomàquets), el vell Jakob seguia exhibint-se amb les seves incomptables flexions, però el temps havia passat i no pas en va. Aquella vida, d'entrada, ens havia sorprès, ens havia estimulat, l'havíem aplaudit: allò era una societat justa, l'autèntic socialisme (incloïa classe baixa, que érem nosaltres, però aquest era un detall sense importància), i no la selva d'on veníem i on hauríem de tornar; les feines eren variades, rotatòries, tothom treballava en allò que li venia de gust i en horaris raonables; els pares no arribaven baldats de treballar a quarts de nou del vespre sinó que tenien tota la tarda per estar amb els fills; els adolescents s'independitzaven al primer crit de la naturalesa; els vells feien galetetes, escoltaven música i regaven les plantes del jardí; ningú no era ric i ningú no era pobre; tot era compartit, tot era natural i harmònic. Sí, però en aquell paradís terrenal, els joves hebreus fugien a ramats cap als Estats Units i no en tornaven. Primer no els compreníem, eren uns traïdors a un esforç de dècades, uns alienats per la maquinària consumista, però després de passar dos mesos sencers en aquell lloc vam començar a pensar que potser sí que era preferible una selva despietada a un jardí de caminets ben endreçats; sí, era millor sortir a lluitar contra el món, a l'aire lliure, que viure ben arrecerat, ben assistit i ben controlat, a l'ombra de la perfecta organització, com una planta d'hivernacle.

Ho pensava llavors, però, i ara? ¿No m'estimaria més, en comptes de saltar de feina en feina (feines cada vegada pitjors i més mal pagades), llevar-me de bon matí, dirigir-me al suro de l'entrada del menjador i allà informar-me que en aquell precís i assolellat dia em tocaria arrencar males herbes, collar cargols o, fins i tot, fregar olles amb el sonat de la *dishwashing machine*?

De què parlo? Em sembla que estic fugint d'estudi per no haver d'afrontar l'últim pas del viacrucis.

Érem a finals d'agost, doncs, i jo, llavors, realment, sí que era un descregut del kibbutz i de tota aquella vida: estava fart de les interminables migdiades, avorrit del menjar del self-service, cansat de les visites turístiques pel país, esgotat de tanta piscina i fastiguejat de totes aquelles paraules angleses que havia après com un estudiant esforçat; i també odiava totes aquelles feines que ens encarregaven i que sovint tenien tota la pinta de ser improvisades maneres de tenir-nos ocupats (o desocupats: als camps, per exemple, a vegades ens estàvem una hora sencera en un marge, com uns pòtols, esperant ordres que no arribaven).

En el meu cas era extrem, però a mi em sembla que la majoria teníem la sensació que la cosa ja no donava més de si.

Alguns voluntaris van començar a desfilar, de tornada cap als seus estudis o, més urgentment, cap als exàmens de setembre. La francesa Julie es va acomiadar fent un llarg discurs a la piscina que no va entendre ningú i després va prometre, provocant la consternació general, que ens escriuria a tots; el texà petit i malparit es va limitar a mastegar xiclet i a caminar cap a la sortida amb un posat de gàngster sortint de San Quintín; la belga Françoise va repartir petonets i adreces a tothom i va declarar que aquella havia estat una experiència molt profitosa (ningú no en va tenir cap dubte).

Nosaltres, els que havíem vingut de Catalunya, ja estàvem a menys d'una setmana d'agafar l'avió de tornada a casa. A mi, no cal dir-ho, ja m'estava bé, perquè la que havia ser la-gran-experiència-de-la-meva-vida s'havia transformat en un malson depriment; però alhora em recava marxar, perquè en Sebastian em necessitava més que mai.

L'endemà de la pallissa no va anar a la fàbrica. Jo el vaig excusar amb l'encarregat i, a migdia, li vaig portar el dinar al barracó. Es va incoporar lentament, perquè li feien mal les costelles, els malucs, tot el cos. «No hauries d'anar a veure el metge, Sebastian?», li vaig aconsellar. Em va fer que no amb el cap i, quan vaig insistir-hi, em va clavar una mirada d'una duresa i una fredor desconegudes. Devia reflectir un cert espant, perquè ell, de seguida, va esbossar un somriure que no ho va acabar de ser. Més tard li vaig comentar de passada que havia sentit que en Marko se n'havia anat a Tel-Aviv per un parell o tres de dies. No me'n va fer cap comentari.

A la tarda, després d'una altra enganxosa migdiada, vaig tornar al seu barracó i, amb penes i treballs, el vaig poder convèncer de sortir una estona d'aquell cau viciat que era la seva habitació per anar a sopar al menjador. Ens hi vam presentar ben d'hora, per evitar les multituds, però, és clar, era impossible sopar més aviat que els danesos i ens els vam trobar tots fent cua a la cadena del self-service.

El compadien. Si alguna cosa recordo d'aquells últims dies són les mirades de compassió que dedicaven, una vegada i una altra, sense interrupció, a en Sebastian. Abans provocava sorpresa, curiositat, admiració, indiferència o rebuig, ara simplement compassió. El meu amic els feia pena. Tots havien vist o havien sentit com en Marko l'havia pegat sense cap esforç, com un adult que pega un nen, aprofitant-se de la seva debilitat, abusant de la feblesa de la seva constitució. Havien vist en Sebastian tirat per terra, rebent per fi el càstig que es mereixia, o més ben dit, rebent un càstig desmesurat. (Per això en Marko havia decidit marxar dos dies del kibbutz. Era llest i intuïa que els mateixos que havien contemplat la pallissa sense intervenir-hi, ara pensarien que havia respost amb massa violència a les provocacions d'en Sebastian.)

Aquest corrent de compassió, vaig pensar de seguida, no podia ser del gust del meu amic; a ell, al fill de la boja del Volkswagen groc, no li podia agradar que li diguessin amb la mirada «pobret, que indefens que es veu, que blanquet». Ell no volia compassió, ja li havia passat el temps de ser compadit: ara volia ser fort, poderós, invulnerable, volia ser un heroi, un soldat, un pilot; travessar el cel amb un F-15 i abatre's com un meteor damunt l'enemic.

En aquell sopar, després de deu minuts de comentaris massa amables i de somriures commiseratius dels danesos, en Sebastian, deixant el plat a mig menjar, va dir que no tenia més gana, es va posar dret i va marxar. La seva figura alta i trista va lliscar arran de paret fins a la porta de sortida; una riuada de jueus que hi entrava aleshores va semblar, per un moment, que l'enclastava contra el mur i el convertia en una ombra.

Aquella fugida va provocar un silenci mortal a la nostra

taula, només puntejat per la dringadissa constant de forquilles i ganivets. Però els danesos, que em tenien rodejat, m'observaven amb mirades interrogatives. Esperaven declaracions del portaveu del terrorista apallissat. La danesa que tenia al davant, amb uns ulls tan clars que feia cosa mirar-los, em va preguntar amb una veu molt i molt suau (la refinada discreció de la gent civilitzada) com es trobava en Sebastian. «Com es troba? Molt bé, perfecte. Ja ho vau veure, oi? El van tirar per terra, li van clavar uns quants cops i li fa mal tot, però a part d'això, està fenomenal.» Em va mirar fixament durant un parell de segons i després, sense replicar la meva absurda resposta, va informarme que l'endemà, un dia abans de la marxa de tots ells, farien una gran festa de comiat a la piscina i que, si podia, intentés convèncer en Sebastian que hi anés. «Thank you», va ser tot el que vaig dir. Vaig abandonar el menjador sentint-me brut i fastigós. Si existia alguna cosa anomenada superioritat moral dels escandinaus, era allò.

Vaig trobar en Sebastian una altra vegada reclòs en el seu barracó, estirat al llit sense fer res, ni llegint, ni escoltant música ni espantant les mosques. El que recordo de tots aquells últims dies abans de la festa danesa és en Sebastian com un zombie, arrossegant els peus d'una banda a l'altra, amb la mirada perduda i sense obrir boca. Ell que era tan xerraire, ell que sempre tenia alguna cosa per explicar, ara no deia dues paraules seguides. Ni traient els seus temes favorits no l'aconseguia tornar a la vida: ni parlant de models d'avions ni recordant escenes famoses de pel·lícules llegendàries que tots dos coneixíem. Tots els meus gestos de retornar a la nostra entranyable relació d'abans fracassaven. En Sebastian era mut, era sord. La nostra amistat, si mai havia existit, era cosa del passat. Jo l'acompanyava com si fos el seu assistent, perquè temia que sense mi es quedaria al seu barracó com una planta i moriria d'inanició. A les nits ja no érem dos contrabandistes de Moonfleet passejant clandestinament pels caminets del kibbutz. En Sebastian no volia sortir del seu barracó i jo, després d'una o dues hores de conversa encallada, li deia bona nit i me n'anava a l'habitació a llegir, a fer mots encreuats del *Jerusalem Post* o, simplement, a matar escarabats.

Un vespre vaig voler parlar d'en Sebastian amb en Jordi i en Pau, però quan vaig descórrer la cortina que separava les dues habitacions, els vaig veure desplomats damunt del llit, com si haguessin acabat de jugar un partit de tennis i els haguessin derrotat per sis-zero, sis-zero. «Què passa? Se us ha mort el gos o què?», els vaig engaltar. «Clar, tot el dia fent d'infermera i no t'adones de re», va fer en Jordi. «La Nicole ha marxat», va dir finalment en Pau.

I així, amb Sebastian zombie i en Jordi i en Pau semidepressius, va arribar, amb tota la innocència del món, la festa dels danesos.

Va començar molt bé. Els danesos, com que formaven un bloc organitzat i entusiasta, no van escatimar preparatius per donar ambient a la festa: banderetes de Dinamarca, música escandinava, cascos de víking fets amb cartolina per a tots els assistents, imitació de vestuari víking per als danesos i les daneses (ells amb espasa, elles greguejant amb l'espatlla nua) i, per descomptat, enormes, gegantines, desbordants, escumoses gerres de cervesa.

Jo havia baixat sense el meu amic, a qui no havia pogut convèncer de cap manera, i deambulava d'un grup a un altre com una ànima en pena. Va anar passant l'estona, van córrer les cerveses... i de sobte vaig veure en Sebastian a l'entrada, amb el casc víking acabat de col·locar a dalt de tot de la seva figura interminable. Se'n va anar directe a la taula on omplien les gerres i en va agafar una. Tothom el mirava, jo el mirava; en aquestes circumstàncies, en Sebastian va fer el que li dictava la seva personalitat: beure tota la gerra d'un sol glop. L'aplaudiment va ser general. A l'acte, el zombie es va transformar, per via etílica, en el bufó de la cort: cantava, ballava, robava les espases als danesos, s'arrambava a les daneses... les seves rialles s'enlairaven per damunt de les veus i de tota la música. Finalment, va venir on érem nosaltres (jo havia acabat demanant asil al grup català) i sense previ avís, va agafar la Mónica d'una revolada, la va enlairar a dos pams del terra i es va posar a ballar amb ella («¡Bájame de aquí, vampiro! ¡Y además, huele que apesta!»).

Aquell xicot enjogassat i rialler era el meu Sebastian d'abans? En aparença ho semblava, però només en aparença. Jo hi notava, darrere aquella alegria alcohòlica, una tensió, una rigidesa, com una corda massa tibada que en qualsevol moment pot petar.

Cap a mitjanit va arribar en Marko, amb la càmera penjant del coll, la cua de cavall, les sandàlies, els texans estripats i una vistosa samarreta taronja, record de no sé quina estada en no sé quin racó de món. El van rebre com un messies, s'hi van arraïmar com xaiets i ell, satisfet, els va entretenir amb les aventures d'aquells dos dies. Segur que havia arribat a contrades on cap occidental no havia posat mai els peus, però no el vaig sentir, perquè en Sebastian i jo ja ens havíem retirat en un racó de la gespa que envoltava la piscina. En un altre racó, més enllà, hi havia el grup italobarceloní que, després d'haver cremat els cascos víkings amb rialletes estúpides, es dedicava a intoxicar-se de valent amb tota mena de substàncies sòlides i líquides.

Passades dues hores més, la festa s'havia acabat i, amb l'eficiència netejadora dels danesos, gairebé no en quedava cap més rastre que les tires de banderetes, que tremolaven sota el ventet de la nit. Tothom havia desaparegut en direcció als barracons a excepció d'en Sebastian i jo, que encara jèiem damunt la gespa enterbolits per l'alcohol. El meu amic xerrava com en els vells temps, em parlava de les seves coses amb aquella incontenible necessitat que tant m'emocionava.

De sobte em va assenyalar un objecte negre que hi havia damunt d'un banc, a l'altra banda de la piscina. Era la màquina de fer fotos d'en Marko. «The chimpanzee's camera!», vaig fer jo. Ens vam posar drets i vam donar la volta a la piscina. En Sebastian va agafar la càmera i, amb els peus a tocar de l'aigua, la va anar tirant enlaire com si es tractés d'una pilota. «Imagina que cau a l'aigua», va dir el meu amic mentre reia d'aquella manera tan seva, a batzegades. «Who knows?», vaig dir jo. La nit era tèbia i de la pestilència dels camps propers arribaven bafarades de pudor.

Va aparèixer en Marko per darrere, silenciosament, sense que l'haguéssim vist venir, com si tingués el poder d'aparèixer de sobte allà on ell volgués, exhibint aquest poder. Va reclamar a en Sebastian que li tornés la càmera, una ordre que va sonar com una fuetada. Aquell Marko ja s'havia tret la capa de solidari defensor de causes perdudes, aquell Marko era arrogant i dominador, i res més que això.

En Sebastian em va mirar, va somriure, va allargar la mà cap a la piscina i va deixar caure la càmera. L'aigua la va engolir i la càmera, com una pedra negra, va anar a parar al fons.

12

Després només recordo que corria en direcció als barracons i era com si un mur negre estigués a punt de caure'm al damunt. Vaig despertar en Jordi i en Pau i els vaig fer prometre, els vaig fer jurar que diguessin que jo havia estat amb ells aquella última hora, jugant a cartes. En Jordi em va fer mil preguntes, em va agafar per la camisa amb les dues mans, em va sacsejar, però jo només vaig dir que el que havia passat era molt fort i que necessitava una coartada. La paraula coartada els va deixar glaçats. En Pau va trencar el silenci: «D'acord. Hem jugat a cartes.» En Jordi va fer que sí amb el cap, d'esma. Eren els meus amics, confiaven en mi, no necessitaven proves. Quan l'endemà, o l'altre, va venir la policia, van fer el seu paper a la perfecció, com actors reputats, tapant la meva participació en aquell fet que va trasbalsar el kibbutz de la mateixa manera que si un comando palestí hagués fet explotar un cotxe bomba a la porta de l'entrada. Quan em van interrogar, vaig exagerar el mal anglès per pensar bé les respostes i vaig justificar el meu nerviosisme per la situació del meu amic Sebastian, a qui s'havien endut no sabia on.

Jo, llavors, quan estava sol, pensava que en Sebastian, si havia estat capaç d'una acció com aquella, també era capaç de mentir; i que potser no només declararia que jo era allà sinó que fins i tot m'atribuiria una participació que no havia tingut. En qualsevol moment la policia podia trucar a la porta del barracó i endur-se'm davant la mirada acusadora de la resta de voluntaris i de la gent del kibbutz. Però no se'm van endur, ni em van fer cap més pregunta i, si no vaig marxar amb la resta dels catalans, no va ser perquè m'ho impedissin sinó perquè, volent exhibir la meva solidaritat amb en Sebastian, vaig retardar la tornada quinze dies més. Una cautela innecessària, absurda. Me'n vaig penedir tot seguit, quan els vaig veure marxar amb el mateix minibús de vidres bruts amb què havíem arribat dos mesos abans.

Aquella quinzena de setembre va ser la més estranya de la meva vida. Pràcticament tots els barracons s'havien quedat buits (els danesos ja havien marxat) i tenien un aspecte més abandonat i miserable que mai. Era com un poble mort. M'hauria tornat boig amb aquella pressió i aquella solitud si no hagués estat per la Mónica, que encara era allà i hi seria durant dos mesos més, perquè els tràmits ja estaven fets i no volia passar la vergonya d'anul·lar-los. Una tarda vaig entrar en el seu barracó i em vaig desintegrar: entre sanglots li vaig explicar tot el que havia passat. La Mónica de començaments de juliol potser m'hauria delatat, però la del setembre em va abraçar durant dues hores seguides. Com em va reconfortar la seva companyia tots aquells dies! Ella em va salvar de la desesperació. Passàvem junts les tardes, anàvem junts a fer els àpats, fèiem excursions a Haifa o a llocs propers. Ella m'escoltava, jo l'escoltava. Estava trista, amb una tristesa profunda que ja no admetia el desconcert ni la ira. Tornaria a Gavà, treballaria de secretària a la mateixa empresa on havia treballat des que tenia quinze anys, intentaria reprendre tot el que havia deixat, recuperaria l'alegria perduda, però alguna cosa dins d'ella havia fugit per sempre. La tristesa la feia bonica, la feia resplendent, amb un fulgor autèntic, sense maquillatge. Encara recordo amb quina intensitat ens vam besar en aquella visita a l'amfiteatre romà, quan el sol, que ja s'havia colgat rere el mar, estava a punt de deixar el món a les fosques. L'últim dia, hores abans de deixar el kibbutz, li vaig declarar amor etern. «No te confundas, Luisito», em va respondre implacable.

Alguns dies abans, quan érem al menjador, vaig veure entrar en Sebastian, tranquil, somrient, com si no hagués passat res de nou, com si vingués de muntar escalfadors a la fàbrica. Em va saludar des de lluny amb un cop de cap de circumstàncies, però jo, encara que li vaig tornar la salutació, vaig desviar la mirada.

Ens vam evitar completament al llarg d'aquella última setmana. Si, per casualitat, ens trobàvem al porxo dels barracons o a la cua del self-service, miràvem cap a una altra banda o concentràvem la nostra atenció en un núvol del cel o en una rajola del terra. La seva presència, per més fugaç que fos, m'era insuportable. El secret horrible que compartíem havia convertit la nostra amistat en una conxorxa, en una intriga que, mirada segons com, semblava preparada a consciència, pas a pas, fins al desenllaç final. No podia apartar aquest pensament. En Sebastian havia buscat en mi un amic, o simplement un estímul, un admirador, un testimoni? Què en sabia realment, d'ell? Quantes mentides m'havia explicat? Qui era?

En qualsevol cas, se n'havia sortit, perquè la mort d'en Marko va ser declarada accidental: s'havia llançat a l'aigua per recuperar la càmera i s'havia ofegat (l'elevat índex d'alcohol a la sang havia estat definitiu).

Només una vegada, faltant dos dies per a la meva marxa, en Sebastian em va dirigir la paraula. Jo m'havia quedat quiet, a una vintena de metres de la piscina, veient absort, com hipnotitzat, com s'anava buidant. Llavors vaig sentir les seves passes per darrere (perquè sabia que era ell, coneixia de memòria el seu caminar). Es va situar al meu costat i després va dir: «The summer is over, Louis», i ho va dir en un to de veu solemne, pausat, que era com si amb allò volgués dir moltes més coses. Tot el que sentíem i no diríem.

Després, quan vaig pujar a l'autocar que em duria a Tel-Aviv, el vaig veure per darrera vegada, rere la reixa d'entrada, com una estàtua de sal, i a part de sentir-me alliberat, em va saber greu, un greu terrible, no haver tingut, com a mínim, una última conversa amb ell.

No n'havia sabut mai més res. No sé quant de temps es va quedar a Israel, ni si va aconseguir ser pilot de l'exèrcit ni què se'n va fer. Durant un temps vaig tenir l'esperança, i el terror alhora, de veure una carta seva al terra del garatge, acabada de caure de la bústia. Però no en va arribar cap i les que jo, alguna nit d'insomni, havia començat a escriure, van acabar a la paperera.

Els anys, mig crispats mig serens, plens o buits, van passar amb la rapidesa amb què passa la vida i, finalment, quan tot quedava molt lluny, va aparèixer en Sebastian a la tele. En una informació sobre les eleccions austríaques, dalt d'una tarima en una plaça de Viena, hi havia quatre o cinc homes darrere el neonazi Haider. Un destacava dels altres, per l'alçada, per l'actitud marcial i per estar una mica separat de la resta. Era en Sebastian, més com l'havia somniat tantes vegades que com el recordava d'aquell estiu. Era en Sebastian, despullat de fulgor juvenil, d'ingenuïtat, d'il·lusions eixelebrades. Era en Sebastian, l'essència d'ell, la veritat, potser l'únic que va existir mai.

I, en un instant, aquella escena tràgica que durant anys havia negat una vegada i una altra, arraconant-la, taponant-la, recobrint-la de mentides i d'irrealitat... aquella escena va tornar amb la facilitat amb què torna sempre el record de la mort.

L'aire tebi de la nit feia vibrar les banderetes daneses, la gespa s'ennegria més enllà del redol de llum dels fanals i la càmera fotogràfica baixava amb suavitat cap al fons de la piscina. No sé qui es va abraonar primer contra l'altre, però al cap d'un moment en Sebastian i en Marko ja estaven entrellaçats i lluitaven com dos animals enormes, com dos óssos, drets a la vora de la piscina, sacsejant-se, intentant abatre's. La forta resistència d'en Sebastian va sorprendre en Marko. Al cap de pocs segons, van caure a l'aigua com un sol home. «Mata'l, Sebastian, mata'l!», cridava jo de genolls a la vora de la piscina, mentre en Sebastian i en Marko s'enfonsaven en aquella aigua negra, forcejant amb cames i braços, aferrats i pugnant per colpejar l'altre. El taronja i el verd de les seves camisetes llampegaven dins l'aigua.

Al cap d'una estona, no sé si poca o molta, el cos d'en Marko va surar inert a la superfície. Llavors en Sebastian va emergir de l'aigua amb un salt prodigiós, com un tigre, i l'aigua li baixava a rius per tot el cos. «How do you feel, Louis?», em va preguntar somrient, orgullós, imbatible. «Fine!», vaig respondre.